Mohandas

Uday Prakash

Mohandas

Aus dem Hindi übersetzt
von Gautam Liu und Ines Fornell

Draupadi Verlag

Wir danken der Firma HÜBNER GmbH & Co. KG
für die Unterstützung dieser Publikation.

Uday Prakash:
Mohandas
Aus dem Hindi übersetzt von Gautam Liu und Ines Fornell

Heidelberg: Draupadi Verlag, 2013

ISBN 978-3-937603-82-7

Draupadi Verlag
Dossenheimer Landstr. 103
69121 Heidelberg

info@draupadi-verlag.de
www.draupadi-verlag.de

Lektorat: Gerlinde Wientgen

Grafische Gesamtgestaltung: Reinhard Sick, Heidelberg
Cover: Uday Prakash (unter Verwendung eines Fotos von Marcus Fornell)

Für den Genossen Vijendra Soni, in der Hoffnung, dass er Mohandas bis zum Schluss beistehen möge.

„The most glaring tendency of the British Government system of high class education has been the virtual monopoly of all higher offices under them by the Brahmins."

('Slavery' by Mahatma Jotirao Phule, Education Department, Government of Maharashtra.)

„The British ... validated Brahmin authority by employing, almost exclusively, Brahmins as their clerks and assistants."

(Arthur Bonner, 'Democracy in India: a hollow shell', The American University Press, Washington, 1994.)

Mohandas

Welche Farbe hat die Angst? Ist sie staubfarben oder blaugrau, ist sie gelb oder schwärzlich oder ähnelt ihre Farbe der Asche? Einer Asche, in deren Innerem die Glut noch nicht vollends verglimmt ist! ... Oder ist sie von einer Farbe, hinter der sich eine Mauer der Stille auftut und durch deren Spalt man in einiger Entfernung ein Schluchzen wahrnimmt?

Haben Sie jemals die aufgerissenen Augen eines Fisches gesehen, der jäh von einer Woge erfasst und weit hinaus an den Sandstrand geschleudert wurde? Brechende, weit aufgerissene starre Augen ...? Eine solche Farbe hat in etwa die Angst!

Selbst dem talentiertesten Filmschauspieler wird es trotz unzähliger Versuche nicht gelingen, eine solche Farbe darzustellen, wie sie im wirklichen Leben in den Augen und auf dem Gesicht eines zu Tode geängstigten Mannes erscheint. Eines Mannes, der nach den Mühen eines langen Arbeitstags erschöpft nach Hause geht, in seiner Hand eine Tüte mit billigen Toffees und Spielzeug für seine Kinder und Hustenpillen für seine Frau, und der nach einer Straßenbiegung in einer einsamen Gasse plötzlich von Aufrührern umringt wird und zu seinem Unglück nicht zur selben Religionsgemeinschaft oder Gruppe derer gehört, die ihn umzingelt haben.

Genau in diesem Moment, nur wenige Augenblicke vor seiner Ermordung, können Sie in den Augen des Todgeweihten, in seinem Gesicht, überall an seinem Körper genau jene Farbe sehen, von der ich gerade sprach und die ich an jenem Tag bei Mohandas erblickt hatte.

In „Schindlers Liste“ oder in ähnlichen Filmen zu dieser Thematik werden Sie sicherlich eine Szene gesehen haben, in der ein deutscher Zug irgendwohin in die Ferne geschickt wird. Die Gesichter der aus den Waggonfenstern herauslugenden jüdischen Kinder, Frauen und Greise müssten Ihnen bestimmt im Gedächtnis geblieben sein! Oder die Gesichter der Menschen, die erst unlängst in mehreren Städten und Siedlungen *Gujarats* von den Dächern und aus den Fenstern ihrer Häuser starrten.

So etwa ist die Farbe der Angst.

Mohandas steht vor mir und sagt mit schwacher, zitternder Stimme: „Retten Sie mich doch irgendwie! Ich flehe Sie an! Ich habe eine Familie zu ernähren... Und mein Vater siecht an Tuberkulose dahin! ... Wenn Sie wollen, bin ich bereit, mit Ihnen zum Gericht zu gehen und eine eidesstattliche Erklärung abzugeben, dass ich nicht Mohandas bin. Dass ich keine Person mit diesem Namen kenne! Dass es sich bei diesem Mohandas um jemand anderen handeln muss. Nur retten Sie mich irgendwie!“

Wenn Sie Mohandas sehen würden, wären Sie zunächst von Mitleid erfüllt, doch alsbald würden auch Sie Angst verspüren. Denn es herrschen schreckliche Zeiten und sie werden immer furchterregender.

Ich kenne Mohandas und seine Familie seit mehreren Generationen. Wie es eben im Dorf so üblich ist. Wenn Sie ihn sähen, würden Sie nicht auf den Gedanken kommen, dass er einen ordentlichen Studienabschluss des *Government Mahatma Gandhi*

Degree Colleges des hiesigen Distriktes besitzt. Einen Abschluss mit Auszeichnung. Und vor genau zehn Jahren stand sein Name an zweiter Stelle auf der Rangliste der besten Universitätsabsolventen. Doch sein heutiges Erscheinungsbild lässt eine solche Vergangenheit nicht einmal erahnen. Er trägt eine zerschlissene und mehrfach geflickte Jeanshose, deren ehemals blaue Farbe völlig ausgeblichen ist, dazu ein kurzärmliges Buschhemd aus billigem Kunststoff, an der rechten Schulter ist die Naht aufgerissen und die Streifen auf dem ehemals bunt karierten Muster sind nahezu verblasst. Seinen billigen Regengummischuhen haben Lehm, Staub, Elend, Wasser, Zeit und Sonne derart zugesetzt, dass sie mittlerweile so aussehen, als wären sie aus Ton oder Leder hergestellt worden.

Mohandas müsste derzeit um die fünfunddreißig oder siebenunddreißig sein, sieht aber ebenso alt aus wie ich, wenn nicht sogar etwas älter.

Wann immer ich ihn traf, wirkte er zerfahren und gehetzt. Niemals sah ich ihn im Dorf entspannt herumsitzen und plaudern, Karten spielen, lachen und scherzen oder fernsehen. Er war getrieben von einer furchteinflößenden Hektik, die ihn nie zur Ruhe kommen ließ. Über Mohandas sagen die Leute, dass er jede Arbeit annehme, weil er täglich für jeden Schluck Wasser einen neuen Brunnen graben und für jede Mahlzeit eine neue Ernte einfahren müsse. Und auf das von ihm erworbene Brot und Wasser ist in seiner Familie nicht nur eine Person angewiesen, nein, es sind fünf. Fünf Bäuche und fünf Mäuler. Da ist Mohandas' Vater Kabadas, der seit acht Jahren an Tuberkulose leidet, und seine Mutter Putlibai, die nach einer Operation des Grauen Stars in einem kostenlosen Augen-OP-Camp ihr Augenlicht für immer verloren hat. Da ist seine Frau Kasturibai, die nichts weiter ist als der Schatten ihres Mannes. Kasturibai hilft Mohandas bei der Arbeit und führt den Haushalt. Die Dorfleute sagen, dass man die beiden bis zum heutigen Tage niemals streiten sah. Es scheint, als seien es die Erfahrungen von Not und Schwierigkeiten, die das Fundament der Partnerschaft zwischen Mann und Frau entweder stärken oder schwächen.

Die übrigen beiden Familienmitglieder sind Devdas und Sharda, die Kinder von Mohandas und Kasturi, acht- und sechsjährig. Devdas besucht die Grundschule des Dorfes und arbeitet nach dem Unterricht in der Durga-Autowerkstatt, die an einer Straße in der Nähe des Dorfes eröffnet wurde. Er hilft beim Luftaufpumpen, beim Flicken löchriger Reifen und bei kleineren Reparaturarbeiten an Rollern und Motorrädern und verdient damit im Monat einhundert Rupien. Man kann also feststellen, dass Mohandas' Sohn Devdas – während er noch zur Schule geht – bereits selbst für seinen Lebensunterhalt sorgt und somit unabhängig ist. Die Lehrer der Schule sind der Meinung, dass Devdas der intelligenteste Schüler innerhalb der vierten Klassen ist. Aber wenn sein Vater Mohandas auf diesen Umstand angesprochen wird, starren seine Augen irgendwohin ins Leere. Vielleicht wähnt er irgendetwas in der Ferne zu sehen. Die Falten in seinem Gesicht zucken und in seinen Augen erlischt der Glanz. Dann ist es, als ob aus seinem Innersten seine tränenerstickte Stimme hinausdränge: „Auch ich machte doch meinen BA mit Auszeichnung, Tag und Nacht büffelte ich …! Was hat es gebracht?"

Danach leuchten Mohandas' Augen wieder auf und ein Lächeln schleicht sich auf seine verkrusteten Lippen: „Dieser Tage lerne ich, wie man mit dem Computer umgeht. Ich gehe zum ‚Star Computer Center' bei der Bushaltestelle. Shakil, der Sohn vom Baustoff- und Eisenwarenhändler Mohammad Imran, betreibt diesen Computerladen. Er sagt: ‚Wenn du das Eintippen, Bearbeiten und Ausdrucken von Texten erlernt hast, werde ich dir im Monat etwas mehr als sechshundert Rupien geben.'" Und Mohandas erzählt weiter: „Beim Tippen kam ich diesen Monat schon auf dreißig Wörter pro Minute. Hie und da bekomme ich kleine Aufträge, aber es ist so, dass ich noch immer viele Tippfehler mache, da geht viel Zeit drauf, diese auszubessern."

Aber all das ist schon lange her. Zurzeit befindet sich Mohandas in einer großen Notlage und er sagt immer wieder: „Ich heiße nicht Mohandas. … Ich bin bereit, das vor Gericht eidesstattlich zu bezeugen. Wer immer Mohandas werden will, mag es werden. Bitte retten Sie mich irgendwie! … Ich flehe Sie alle an!"

Welches Problem hat Mohandas? Bevor ich darauf eingehe, sollte ich Ihnen noch das fünfte Mitglied der Familie, Mohandas' sechs Jahre alte Tochter Sharda, vorstellen. Sharda ist Schülerin der zweiten Klasse in der öffentlichen Grundschule des Dorfes und nach dem Unterricht begibt sich die Sechsjährige in das zweieinhalb Kilometer entfernte und jenseits von zwei Teichen gelegene Dorf Bichiyatola, aus dem sie erst spätabends zwischen neun und zehn Uhr heimkehrt. In Bichiyatola kümmert sie sich um den einjährigen Sohn von Bisnath Prasad und hilft in dessen Haushalt, wofür sie am Abend etwas zu essen und dreißig Rupien im Monat erhält.

Im Dorf Bichiyatola gibt es einen gewissen Nagendranath, Großbauer und Hauptvertreter des lokalen Lebensversicherungsfonds. Er ist bekannt dafür, dass er über enge Kontakte zu einflussreichen Personen verfügt, angefangen vom Collector, dem Distriktsvorsteher, bis zum Landesminister. Zweimal hatte er das Amt des Dorfratsvorsitzenden inne und einmal sogar das des Vizevorsitzenden der Distriktsverwaltung. Bisnath Prasad, auf dessen einjährigen Sohn Sharda aufpasst, ist einer von seinen fünf Söhnen. Obwohl sein tatsächlicher Name Vishwanath Prasad ist, nennen ihn die Dorfbewohner nur Bisnath, Herr des Gifts, und erzählen sich hinter seinem Rücken: „Eine richtige Giftschlange ist er, der Bisnath. Schrecklich giftig. Wenn er jemanden nur anhaucht, dann ist es mit ihm aus ...! Ist der Vater der Schlangengott Nagnath, so ist sein Sohn kein Geringerer als der Herr der Schlangen. Wenn er dich anlächelt und Süßholz raspelt, dann nimm dich in Acht! Jeden Moment kann er zubeißen." Was Bisnath nicht besitzt, ist Ehrlichkeit. Manchmal, wenn er betrunken ist, sagt er selbst von sich: „Es bereitet mir viel mehr Spaß, jemanden übers Ohr zu hauen, als die Frau eines anderen unter meine Lenden zu drücken ... Ha, ha, ha...!" Überhaupt pflegt er Umgang mit solchen Leuten aus dem Dorf und aus der Umgebung, über die ich noch nie ein gutes Wort gehört habe.

Bisnath gehört einer höheren Kaste an, wohingegen Mohandas ein niedrigkastiger *Kabirpanthi* ist. Viele Angehörige seiner Gemeinschaft verdienen noch immer ihren Lebensunterhalt mit dem Flechten von Worfeln und Matten und dem Weben von Wolldecken und Läufern. Mohandas ist nicht nur aus unserem Dorf, sondern aus der Region der erste Junge seiner Gemeinschaft, der einen Bachelor-Abschluss erworben hat. Und sogar mit Auszeichnung und als zweitbester Absolvent.

Halten Sie an dieser Stelle inne. Sagen Sie ganz ehrlich, hat Sie nicht irgendwie das Gefühl beschlichen, dass ich Ihnen eine symbolträchtige Parabel auftischen könnte? Der Protagonist dieser Geschichte heißt Mohandas, seine Frau Kasturibai, seine Mutter Putlibai und sein Sohn Devdas.

Der Name von Kasturibai erinnert an Kasturba Bai und die Bedeutung von Mohandas dürfte völlig klar sein. Wenn Sie Mahatma Gandhis Autobiographie „Die Geschichte meiner Experimente mit der Wahrheit" lesen, dann werden Sie erfahren, dass sein Vater Karamchand noch einen zweiten Namen hatte, nämlich Kaba. Und der Name der Mutter ist auch Putlibai. Und wer kennt die Geschichte von seinem Sohn Devdas nicht? Wenn Sie Mohandas' äußere Erscheinung und Statur betrachten, werden Sie sich gewiss in jene historische Epoche versetzt fühlen. Der Unterschied besteht lediglich darin, dass er nicht als ein solcher Mohandas zu betrachten ist, der in Porbandar, Kathiawar, Rajkot, in England, Südafrika und in den Häusern der Bajaj und Birlas zu Hause war. Vielmehr ist er in den Wäldern und im Dickicht, in Höhlen und Schluchten, auf Feldern und Weiden von Chhattisgarh und des Vindhya-Gebirges aufgewachsen, unter Hunger und brennender Sonnenhitze, unter Krankheit und schweißtreibender Arbeit sowie Ungerechtigkeit und Kränkungen leidend. Der Rest ist identisch …

… Aber nachdem ich Sie genau an dieser Stelle, in der Mitte der Geschichte unterbrochen habe, möchte ich Ihnen zur Kenntnis geben, dass diese Namensgleichheit nur ein Zufall ist. Als ich mich daransetzte, diese Geschehnisse für Sie aufzuschreiben, war mir selbst nicht klar, dass sich ein solches Echo der Vergangenheit in der Geschichte von Mohandas und seiner Familie aus unserem Dorf verbergen könnte.

Glauben Sie mir, es ist nichts von alledem – weder eine Parabel, noch eine Allegorie oder kryptische Erzählung. Es ist eine ganz norma-

le Geschichte. Um allerdings die Wahrheit zu sagen, so ist es nicht einmal eine Geschichte. Denn wie üblich, bin ich auch diesmal im Begriff, Ihnen im Gewand einer Erzählung eine Schilderung des wahren Lebens in unserer heutigen Gesellschaft zu liefern. Tatsächlich ist Mohandas eine authentische Person und sein Leben ist derzeit in Gefahr. Selbstverständlich habe ich, wie immer, auch in diesem Falle einige kleinere und größere Änderungen der Wirklichkeit vorgenommen.

Aber diese Änderungen sind so gering, als würde jemand ein Taschentuch auf dem gewaltigen Körper eines Elefanten ausbreiten, um ihn zu verhüllen.

Stellen Sie sich vor, die Wahrheit ist ein Elefant. Wenn nun ein Dichter oder Erzähler über das riesige Tier ein Taschentuch ausbreitet und es wagt, vor sie hinzutreten und sich darüber auszulassen, was sich darunter verberge, und es Ihnen anschließend heimlich präsentiert, so werden immer wieder alle Brücken und Schiffe zu seinem realen Leben zerstört.

... Mohandas ist also eine reale Person. Zur Bestätigung dessen können Sie jeden Bewohner nicht nur unseres, sondern jedes beliebigen Dorfes dieses Landes befragen.

Als Mohandas seinen Bachelor-Abschluss erwarb, waren sein Vater Kaba und seine Mutter Putlibai voller Zuversicht, dass er sehr bald eine gute Anstellung finden würde. Mohandas war bereits im Alter von vierzehn, fünfzehn mit Kasturibai, der hübschen Tochter von Biranju aus dem Dorf Katkona, verheiratet worden. Kasturi war sehr fleißig. Sowie sie in das Haus ihrer Schwiegereltern einzog, kümmerte sie sich nicht nur um den gesamten Haushalt, sondern begann auch etwas Geld hinzuzuverdienen, indem sie in der Umgebung diverse Tagelohnarbeiten verrichtete. Dadurch konnten die Kosten von Mohandas' Studium gedeckt werden. Aller Augen waren auf Mohandas gerichtet. Er war der allererste Junge seiner Kaste, der einen Bachelor machte. Und dann noch mit der Bestnote. Als die Prüfungsergebnisse herauskamen, wurden sogar mehrere Fotos von ihm in den Zeitungen gedruckt. Auch Firmen, die Coaching betrieben, ließen Fotos von ihm drucken.

Mohandas ließ sich im lokalen Arbeitsamt registrieren und bewarb sich auf alle Annoncen, die er im Jobbörsenblatt sah. Vom Arbeitsamt bekam er von Zeit zu Zeit Einladungen zu Aufnahmetests zugeschickt. Er bereitete sich auch auf die Auswahlprüfung für den öffentlichen Dienst vor. Nicht einmal während seines Studiums hatte er so hart gearbeitet wie für diese Prüfung.

Mohandas bewarb sich überall. Im schriftlichen Test war er zwar immer der Beste, aber im Vorstellungsgespräch wurde er stets abgelehnt. Er fand heraus, dass an seiner Stelle junge Männer angenommen wurden, die über einen weitaus schlechteren Bachelor-Abschluss verfügten oder gerade nur die Hauptschule beendet hatten. Sie alle hatten irgendein Empfehlungsschreiben. Sie alle waren die Schwiegersöhne, Söhne, Neffen, Lakaien oder Angestellten von Beamten, Politikern oder einflussreichen Leuten. Mohandas kehrte jedes Mal erfolglos zurück, aber er gab die Hoffnung nicht auf. Er wusste, dass in Indien die Korruption weit verbreitet war, aber immerhin zehn bis zwanzig Prozent der Menschen allein aufgrund ihrer Qualifikation einen Job erlangten.

Allmählich musste Mohandas erfahren, dass zahlreiche Stellen im öffentlichen Dienst versteigert wurden. Wenn sein Vater Kabadas fünfzig- bis hunderttausend Rupien besessen hätte, dann hätte er sich durch Schmiergeldzahlungen zwei oder drei solcher Jobs sichern können.

Langsam, aber sicher verstrich die Zeit. Er näherte sich der Altersgrenze für eine Anstellung im öffentlichen Dienst. Auch seine Familienmitglieder begannen zu verzweifeln. Dennoch sprach ihm Kasturi Mut zu. „Macht nichts. Wenn du keine Stelle im öffentlichen Dienst bekommst, dann schauen wir uns in der Privatwirtschaft um. Ansonsten machen wir uns selbständig. Dieser Tage gibt es für Leute mit Schulabschluss mehrere staatliche Förderprogramme. Wir können Hühner züchten. Das Geschäft mit Eiern ist sehr profitabel. Oder wir stellen Kerzen und Räucherstäbchen in unserer eigenen Werkstatt her. Oder wir betreiben eine Mühle und produzieren Mehl und Schrot. Der Staat verhilft einem zu Bankdarlehen." Einmal erwies sich sogar seine Ausbildung als vorteilhaft. Er hätte eine befristete Stelle als Hilfslehrer bekommen können. Doch später stellte sich heraus, dass der für die Einstellung zuständige Beamte ausschließlich Angehörige seiner eigenen Kaste oder Mitglieder bestimmter politischer Parteien bevorzugte. Mohandas entstammte einer niedrigen Kaste und gehörte keiner Partei an.

Mohandas war aufrichtig, zurückhaltend und hatte seinen Stolz. Für diese gewerblichen Tätigkeiten hätte er von Pontius bis Pilatus rennen, bei den zuständigen Beamten bitten und betteln und immer wieder Schmiergeld zahlen müssen. Dazu war er nicht fähig. Darüber hinaus gab es auch in diesem Sektor, ähnlich wie bei den Jobs im öffentlichen Dienst, einen halsbrecherischen Wettbewerb. Es war keineswegs so, dass Mohandas den Wettbewerb scheute, denn wie hätte es Mohandas sonst bei der Bachelor-Prüfung zu solch einer Glanzleistung bringen können. Aber er begriff sehr schnell, dass das wahre Leben außerhalb von Schule und College in Wirklichkeit eine Sportarena war, in der nur derjenige das Tor erzielte, der die Kraft besaß, den anderen in die Kniekehle zu treten. Und diese Kraft speiste sich aus Empfehlungen, Beziehungen, Winkelzügen, Bestechungen, Betrügereien und allen weiteren illegalen und unmoralischen Machenschaften, die für Mohandas allesamt unerreichbar waren.

Nicht nur Mohandas selbst, auch seine Frau Kasturi, sein Vater Kaba und seine Mutter Putlibai hatten alle Hoffnung aufgegeben, dass aus ihm noch ein Staatsdiener werden könnte. Nun wäre man schon froh darüber, wenn Mohandas irgendeinen Job bekäme, der ihn von seiner Arbeitslosigkeit und Untätigkeit befreien und ihm irgendwie ermöglichen würde, für den Lebensunterhalt seiner Familie zu sorgen. Unterdessen erkrankte Kabadas an Tuberkulose. Er fing an zu husten und spuckte dabei Blut. Kurz darauf erblindete Putlibai nach einer kostenlosen Operation eines Augen-OP-Camps. Nun fiel Kasturi, die ohnehin den Haushalt versah und Tagelohnarbeit verrichtete, noch die Betreuung ihrer Schwiegereltern zu. Und das zu einer Zeit, in der sie eigentlich Ruhe und Erholung nötig hatte, denn sie war schwanger, mit Devdas im Bauch.

Beim Anblick von Mohandas kam es einem so vor, als wäre er seit geraumer Zeit krank. Im Dorf mischte er sich kaum unter die Leute. Er mied es sogar, Angehörigen seiner eigenen Dorfgemeinschaft über den Weg zu laufen. Alle hatten sie nur eine Frage an ihn: „Was machst du zur Zeit? Hat sich denn beruflich was ergeben?“

In der Nähe des Dorfes floss der Fluss Kathina. Wie die anderen Dorfbewohner baute auch Mohandas im Sommer am Ufer des Flusses Gurken, *Kakris,* Wasser- und Zuckermelonen an.

Nicht nur seine Frau Kasturi, sondern auch seine Eltern Kaba und Putlibai schlossen sich an, um beim Feldanbau zu helfen. Durch das Anlegen von Gräben bewässerten sie mit Hilfe des Flusses die Pflanzen und lösten sich mittags und des nachts bei der Bewachung des Feldes gegenseitig ab. Auf diese Weise kam im Jahr ein Betrag von acht- bis zehntausend Rupien zusammen. Doch mehrfach war das Wasser des Flusses durch vorzeitigen Regen angeschwollen und hatte die reife Ernte der Dorfbewohner weggespült. Mohandas war dies schon zweimal passiert. Allmählich begann sich in seinem Inneren eine tiefe Niedergeschlagenheit und Verzweiflung auszubreiten. Am Tag als Kasturi Devdas zur Welt brachte, kehrte Mohandas nachts nicht nach Hause zurück. Er lag reglos am Sandufer des Kathina-Flusses und starrte in die Leere des Firmaments. Zufällig herrschte in der Nacht, in der Devdas geboren wurde, Neumond. Während der Entbindung kam es zu einem Moment, an dem Kasturis Leben am seidenen Faden hing. Die Nabelschnur hatte sich um den Hals des Kindes geschlungen und so steckte es mittendrin fest. Die Hebamme Bilaspurahin geriet in Panik und erklärte Kasturi, die vor Schmerzen ohnmächtig geworden war, für tot.

Die blinde Mutter Putlibai und der ständig hustende Vater Kabadas riefen und suchten unentwegt nach Mohandas, aber wie hätten sie ihn finden sollen? Lag er doch in jener Nacht am Ufer des Flusses Kathina und starrte wie leblos in den mondlosen Himmel, auf der Suche nach einem Funken Leben in seinem Inneren. Es war nicht Blut, das in jener Nacht in seinen Adern strömte, sondern die tiefe schwarze Neumondfinsternis. Und nicht der Schlaf durchdrang seinen niedergeschlagenen Geist, es waren Albträume von solcher Art, wie sie nur dem Schoß eines korrupten und verkommenen Systems entspringen können.

Mohandas muss wohl in jener Nacht bewusstlos gewesen sein, denn wie sonst konnte er weder die Rufe seiner Eltern Kaba und Putlibai hören, noch Kasturis Schmerzensschreie und nicht einmal gegen vier Uhr morgens das Weinen seines neugeborenen Sohnes Devdas.

Die Sonne stand bereits hoch am Himmel, als Mohandas, der einen Kilometer vom Dorf entfernt am sandigen Ufer des Flusses Kathina lag, durch die zunehmende Hitze aus dem Schlaf oder der Bewusstlosigkeit gerissen wurde.

Mohandas blieb noch lange Zeit liegen, während der Sand mit jedem Augenblick heißer wurde. Sein Körper war kraftlos, seine Gedanken durcheinander. Er brauchte eine Weile, ehe er begriff, dass er nicht im Innenhof seines Hauses, sondern in eben jenem Sand des Kathina-Flusses lag, wo er erst vor kurzem Wassermelonen, Gurken, Zuckermelonen, Flaschenkürbisse und Tomaten angebaut hatte, doch der Regen war viel zu früh gekommen und die gierigen Fluten des überquellenden Flusses hatten die gesamte Ernte verschlungen.

Als Mohandas nach Hause zurückkehrte, waren dort sehr viele Leute aus dem Dorf versammelt. Auch Frauen waren dabei. Es schien, als würden sie über ihn sprechen, denn sobald sie ihn sahen, verstummten sie und verschwanden einer nach dem anderen.

„Das Kind ist allein durch die Gnade Gottes gerettet worden. Die Leute aus dem Dorf waren schon mit *Tulsi* und Gangeswasser für die Bestattungsriten gekommen“, sagte Putlibai und wischte sich mit dem Saum ihres Saris die Tränen aus den Augen: „Geh und schau ihn dir an. Dein kleiner Gott strahlt vor Lachen."

Mohandas betrat die Kammer, in der Kasturi, die kurz zuvor knapp dem Tode entronnen war, nun mit dem Kind an ihrer Seite schlief. In der Kohlenpfanne brannten mit den getrockneten Kuhfladen *Neem* und *Ajowan* und erfüllten das ganze Haus mit Rauch. Kasturi blickte Mohandas mit müden Augen an. In diesem Blick lag so viel Hilflosigkeit und Niedergeschlagenheit, dass ihm angst und bange wurde. Heute war in diesem Haus ein weiterer Magen geboren worden, den es zu füllen galt. Nun würde er für mindestens sechs bis acht Monate täglich einen halben Liter Kuhmilch besorgen müssen. Für Kasturi einen Monat lang Reis mit getrocknetem Ingwer, *Gur, Ghee* und Kurkuma. Dazu kämen noch die Kosten für die Bewirtung der Verwandtschaft zu feierlichen Anlässen wie *Chathi, Barhon* und *Pasni,* die im ersten Lebensjahr des Kindes begangen werden. Doch dann fiel Mohandas' Blick auf das schlafende Kind an Kasturis Seite. Ein gesundes, rundes und pausbäckiges Kind, das ganz sorglos schlief, eng an seine Mutter geschmiegt. So hübsch und unschuldig. Wie ein Kind Gottes. Zum ersten Mal erwachten in Mohandas Vatergefühle. Er konnte seinen Blick nicht von dem Kind abwenden. Genau in diesem Moment hörte er von der Veranda draußen die Stimme seines Vaters Kaba: „Sitaram, der Briefträger, ist hier. Er hat eine Karte mitgebracht."

Mohandas sah, dass vom größten Kohlebergwerk seines Distrikts ein Einladungsbrief zu einem Vorstellungsgespräch gekommen war. Seit mehreren Monaten hatte Mohandas keine derartigen Einladungen mehr erhalten. War es möglich, dass ein Widerhall seiner Gedanken, die ihm durch den Kopf gingen, während er am sandigen Ufer des Kathina-Flusses schlief, zu irgendeinem Planeten am Sternenhimmel gelangte? Hatte dadurch eine Gottheit etwas von seinen Nöten mitbekommen? War vielleicht das Kind, das Kasturi heute früh zur Welt brachte, tatsächlich ein Götterbote, der durch seine Geburt der ganzen Familie die Tür zu einem neuen Leben öffnete?

In diesem Einladungsbrief von den Oriental Coal Mines, der ihm durch das Arbeitsamt zugestellt worden war, erblickte Mohandas den Anbruch einer strahlenden Zukunft. Nach langer Zeit keimte in seinem Herzen wieder ein zarter Spross der Hoffnung. In jener Nacht konnte Mohandas nicht richtig schlafen. Der Baum seines Lebens, den er bisher nur als einen Stumpf empfand, trieb wieder Knospen.

Zum Bewerbungsgespräch beim Kohlebergwerk erschien er bereits eine Stunde früher. Während er die Namen seiner Familiengöttin *Malaiha Mai* und seines spirituellen Gurus *Kabirdas* rezitierte, strotzte diesmal sein Inneres vor einem noch nie zuvor dagewesenen Selbstbewusstsein. Er musste diese Anstellung unter allen Umständen bekommen. Es stand ein einstündiger schriftlicher Test und nach einer einstündigen Pause die Überprüfung seiner körperlichen Fitness an. Mohandas widmete sich den Prüfungen mit höchster Konzentration und all seiner Energie. Den einstündigen schriftlichen Test bewältigte er sogar in weniger als einer halben Stunde. Die Fragen waren sehr einfach und die Antworten darauf waren bereits darunter angegeben, er musste lediglich die richtige Antwort abhaken. Danach folgte der zweistündige Fitnesstest mit 1500-Meter-Lauf, Sprinten, Gewichtheben, Kriechen auf allen Vieren über schroffen Boden, Ausdauerlauf von fünf Runden um das Spielfeld, Seh- und Farberkennungstest. Auch hier stand Mohandas niemandem nach.

Um vier Uhr nachmittags wurden von der Tür des Einstellungsbüros die Namen der fünf Personen verlesen, die sich von den hundertfünfzig Bewerbern qualifiziert hatten. Mohandas' Name wurde als erster verlesen.

Sein Herz schlug heftig. Etwas Unglaubliches geschah. Die Ungewissheit seines bisherigen Lebens würde rasch ein Ende finden, nun würde er jeden Monat ein Gehalt beziehen. Im Hause könnte täglich im Herd Feuer angezündet und ein ordentliches Gericht zubereitet werden. Für die medizinische Behandlung seiner Eltern wäre gesorgt. Die Erziehung und schulische Ausbildung von Devdas wäre gesichert. Kasturi müsste sich nicht mehr in den Haushalten anderer Leute abrackern …

Ein Beamter der Kohlebergwerke ließ sich von Mohandas all dessen Urkunden und das BA-Abschlusszeugnis bringen. Als er das Abschlusszeugnis sah, sagte er überrascht: „He, wie kann es sein, dass du noch keinen Job ergattert hast? Mit diesen Noten und mit ein paar Gefälligkeiten hättest du doch eine gute Anstellung bekommen können."

„Wann könnte ich die Arbeit aufnehmen?" Als Mohandas diese Frage stellte, antwortete der Beamte: „Du bist so gut wie eingestellt. Noch innerhalb dieser Woche werden die Formalitäten abgeschlossen werden und nächste Woche wird dir dann der Einstellungsbescheid zugestellt werden … Es wird höchstens fünfzehn Tage dauern."

In Mohandas' Familie brach eine neue Ära an. Auf seinem Konto im Postamt lagen zweitausend Rupien. Damit kaufte er ein neues Moskitonetz, ein Kilo *Ghee, Gur,* getrockneten Ingwer, einiges neues Geschirr und Kleider für Kasturi und Devdas. Für sich selbst kaufte er eine blaue Jeans-Hose, ein kariertes Buschhemd aus Kunststoff, eine Geldbörse zu dreißig Rupien und zwei Stofftaschentücher zu je fünf Rupien. Mit dem Milchmann Parsu vereinbarte er, dass er jeden Morgen täglich einen halben Liter Milch liefern solle. Im Dorf verbreitete sich die Neuigkeit, dass Mohandas schlussendlich doch noch eine gutbezahlte und feste Anstellung in den Oriental Coal Mines bekommen hat. Sogar die Leute aus dem Dorf, die ihm bisher aus dem Weg gegangen waren, begannen nun mit ihm Umgang zu pflegen. Diejenigen, die sich bereits über seinen Fleiß und seine Bildung lustig gemacht hatten, änderten ihren Ton und sagten nun: „Davon war ja auszugehen. Mit einer solchen Ausbildung und einem solchen Abschluss bleibt man nicht lange arbeitslos." Einige Leute machten jedoch auch Bemerkungen wie diese: „Eigentlich hat Mohandas seine Anstellung der Quotenregelung zu verdanken. Denn seine *Bansahar-Paliha*-Kaste hat nun Anspruch auf reservierte Arbeitsplätze. Und da es sonst niemanden in seiner Kaste mit BA-Abschluss gab, hat Mohandas den Job bekommen."

In jener Woche wurde in Mohandas' Haus sogar einmal *Kheer* zubereitet und einmal ein Gericht mit Kartoffeln und Erbsen. Mutter Putlibai vergaß ihre Blindheit und siebte mit tastenden Fingern die Steinchen von den im Worfel ausgebreiteten Hülsenfrüchten und Reiskörnern aus. Sie bereitete sogar Chutney aus rotem Chili zu, den sie mit Salz und Mangopulver in Senföl einlegte. Vater Kabadas kaufte sich ein ganzes Päckchen *Mangalore Ganesh Beedies* und eine neue Schachtel Streichhölzer der Marke *Ship*, die schon bei ganz leichter Reibung hell aufflammten. An mehreren Nächten saß Kabadas draußen auf der Veranda, zog an seinen *Beedis* und sang mit lauter Stimme *Bhajans* von Kabirdas.

Weder hustete er noch spuckte er Blut dabei.

Eines frühen Morgens sang die blinde Putlibai, während sie vor lauter Freude im Hof im Kreis herum tanzte, aus voller Kehle:

„Torba-putau ki kothriya majhe
alopi mania khontha daris habai.
Bhag ais, kales gais …!!
Kismat jagis … dhaliddar bhagis …!
Jai ho malaiha mai…!
Tor la gor lagon Satguru Maharaj …!
Jai ho … jai ho …!"

„Im Zimmer von Sohn und Schwiegertochter
hat der *Alopi-Maina* ein Nest gebaut.
Das Glück wird kommen, das Leid wird gehen …!!
Unser Schicksal wird sich zum Guten wenden,
die Armut fliehen…
Gepriesen sei *Malaiha Mai*!
Ich berühre deine Füße *Satguru Maharaj.*
Jai ho … jai ho …!"

Alle konnten sehen, dass es das Nest des *Alopi-Maina*-Vogels, das die blinde Mutter von Mohandas im Zimmer von Kasturi und Devdas erblickt hatte, tatsächlich gab.

Mohandas wartete in der nächsten Woche Tag für Tag auf den Bescheid des Kohlebergwerks. Aber in jener Woche erschien der Briefträger nicht einmal. Auch die Woche darauf verlief so. Zwanzig bis zweiundzwanzig Tage waren schon verstrichen. Da erfuhr er, dass Santosh Kumar Sharma, der Sohn von

Kanchan Mal Sharma aus Konsakora, längst den Bescheid erhalten und bereits zu arbeiten begonnen hatte. Mohandas wurde unruhig. Er nahm einen Bus der öffentlichen Verkehrsbetriebe und fuhr zum Kohlebergwerk. Es war derselbe Beamte des Einstellungsbüros, der ihm mitteilte, dass man noch dabei sei, die Bescheide zu verschicken. Es gäbe nur drei Stellen, ausgewählt habe man aber fünf Personen. Wenn keine zusätzlichen Stellen geschaffen würden, müsste zwei Kandidaten eine Absage erteilt werden. Mohandas packte die Angst. Als der Beamte sein niedergeschlagenes Gesicht sah, tröstete er ihn damit, dass davon auszugehen sei, dass man die Stellen um zwei erweitern würde und wenn nicht, würde man seinen Namen nicht streichen, da er der erste auf der Kandidatenliste sei.

Mohandas kehrte zurück. Obwohl ihm der Beamte versichert hatte, er bräuchte nur noch anderthalb Monate bis zu seiner Einstellung zu warten, erlosch etwas in seinem Innern. Er machte sich Sorgen, dass der Milchmann Parsu gleich nach Monatsende die Bezahlung für den täglichen halben Liter Milch von ihm einfordern würde. In seiner Euphorie hatte er von weiteren Personen Geld geliehen. Wie sollte er nun allen Forderungen nachkommen? Kasturi sprach ihm Mut zu. Mutter Putlibai betete zu *Malaiha Mai* und legte ein Gelübde ab. Kabadas jedoch wurde ziemlich schweigsam. Er hörte auf, in der Nacht *Bhajans* zu singen und bekam wieder Hustenanfälle.

Nach eineinhalb Monaten begab sich Mohandas wieder zu den Oriental Coal Mines. Erst nach langem Warten ließ ihn der Beamte ins Einstellungsbüro eintreten. Er sagte ihm, dass er sich noch weiter gedulden solle, doch diesmal nannte er keine Frist. Auch war seine Stimme nicht mehr so vertrauensvoll wie zuvor.

Als Mohandas, bevor er ging, noch einmal energisch nachfragte, ob er denn nächsten Monat vorbeischauen solle, um sich zu erkundigen, da antwortete der Beamte verstimmt: „Eigentlich ist es vollkommen unnötig, sich noch einmal zu erkundigen. Du wirst es sowieso von selbst erfahren, wenn du den Bescheid erhalten solltest." Dann fügte er hinzu: „Jetzt sage ich dir was. Der Manager von *Coal India,* der damals aus Bihar gekommen war, um die Kandidaten auszuwählen, hat auf einen der Posten seinen eigenen Schwiegersohn gesetzt. Es läuft alles nach den Spielregeln von denen da oben." Mohandas wurde es schwarz und immer schwärzer vor Augen.

Einen Monat später fuhr Mohandas noch einmal dorthin, um sich zu erkundigen. Vielleicht würde sich doch noch etwas ergeben. Von zehn Uhr morgens bis halb vier Uhr nachmittags musste er vor dem Büro warten. Als er nach flehentlichen Bitten vom Bürogehilfen hineingelassen wurde, musste er erfahren, dass der für ihn zuständige Beamte in den Urlaub gefahren sei und dass ein recht korpulenter Beamter, der ihn vertrat, keine Ahnung von seiner Akte hatte. Als Mohandas voller Sorge nach seinen Zeugnissen und all seinen Original-Dokumenten fragte, antwortete der Dicke: „Was sollen wir schon mit deinen Urkunden anfangen? Wenn du die Anstellung nicht bekommen solltest, dann werden wir sie per Einschreiben zurückschicken. Ansonsten komm nächstes Mal vorbei und hol sie selber ab."

Mohandas kehrte heim. Im tiefsten Winkel seines Herzens wusste er nur zu gut, dass die Himmelsgötter aus Mitleid über sein Elend hatten Wassertropfen herabregnen lassen. Aber die Knospen, die auf wundersame Weise auf dem toten Baumstumpf seines Lebens zu sprießen begonnen hatten, waren vom brennend heißen Wüstenwind des Pechs und der Korruption restlos ausgetrocknet worden. Nun bestand keine Hoffnung mehr. Wenn er über genügend Bargeld verfügt hätte, dann hätte er mit Hilfe irgendeines Vermittlers das Geld in die oberen Etagen leiten und so die Stelle bekommen können.

Von Mohandas' Situation erfuhren zuallererst die reichen Bewohner des Dorfes und begannen wie zuvor sich über seine Qualifikation und seine Ausbildung lustig zu machen. Eine bittere Pille musste Mohandas an jenem Tag schlucken, als ihn Vijay Tiwari, der Sohn von Pandit Chatradhari Tiwari, zu sich rief. Jener, der mit ihm zusammen am College studiert und nur mit Müh und Not einen befriedigenden Bachelor-Abschluss geschafft hatte, jedoch mit Hilfe von Intrigen und Empfehlungen seines Schwiegervaters Polizei-Unterinspektor geworden war, sagte nun: „Mohana, erst vorgestern habe ich dank eines staatlichen Förderprogramms zehn Wasserbüffel erworben. Ich bin dabei eine Molkerei zu eröffnen. Wenn du es dir zutraust, kannst du dich gemeinsam mit deiner Frau Kasturi um die Fütterung und Pflege der Büffel kümmern. Du wirst zu jedem Monatsersten deinen Lohn bekommen und darüber hinaus werde ich dafür sorgen, dass mit Hilfe des Indira-Wohnförderungsprogramms deine Unterkunft zu einem befestigten Haus umgebaut wird. Auch Kasturi wird an der Arbeit in meinem Stall Gefallen finden!"

„Ich überlege es mir noch", sagte Mohandas und wandte sein Gesicht ab, um die aufkochende Wut in seinem Inneren zu verbergen. Die Tatsache, dass Vijay Tiwari den Namen von Kasturi erwähnte, verstärkte sein Gefühl der Hilflosigkeit und Impotenz. Eine unbekannte Angst nistete sich in einem Winkel seines Gehirns ein. Er musste bald etwas unternehmen, sonst würde seine

Familie auseinanderfallen. Er müsste eine Arbeit finden, zu der er ohne fremde Hilfe und Beziehungen Zugang hätte. Vor seinem geistigen Auge tauchten immer wieder Kasturis schönes Gesicht und die verschlagenen Blicke von Vijay Tiwari auf.

In jenem Moment beschloss er, nicht mehr zu den Oriental Coal Mines zu gehen, um herauszufinden, wo seine Urkunden, Zeugnisse und anderen Dokumente geblieben seien, da solche Papierstücke keinerlei Wert mehr besaßen. Denn er verfügte nicht über die Ressourcen, die man brauchte, um in den Genuss von Jobs und staatlichen Förderprogrammen zu kommen.

In jener Nacht legte sich Mohandas nach dem Abendessen nicht zum Schlafen nieder. Er teilte Kasturi mit, dass er erst am nächsten Morgen zurückkommen werde, und marschierte mit einem Spaten und einem Bündel voller Setzlinge über der Schulter zum Ufer des Kathina-Flusses. Wie ein Besessener legte er ohne Unterbrechung Beete für Wassermelonen, Zuckermelonen, Flaschenkürbisse, Tomaten, Auberginen und *Kakris* an. Gegen halb fünf Uhr morgens, als im Norden der Polarstern noch in vollem Glanz erstrahlte, während alle anderen Sterne bereits verblasst waren, wischte sich Mohandas den Schweiß von Stirn und Brust und schleppte sich langsam zur Strömung des Kathina-Flusses. Er schöpfte mit der hohlen Hand Wasser und ließ es über seinen Kopf laufen. Dann legte er beide Handflächen aufeinander und sagte mit tränenerstickter Stimme: „Wenigstens du, Mutter Kathina, darfst mich nicht ärgerlich anstarren. Bei *Malaiha Mai*, bei dem Leben meines Sohnes Devdas … Lösche das hungrige Feuer deines Bauches nicht mit den Früchten meines Schweißes, Kathina Mai. Sonst schwöre ich bei Gott werde ich inmitten des Sommermonats mitsamt meiner Familie in deine Fluten springen und so selbst deinen Bauch füllen ...!"

Als Mohandas den Namen von *Satguru Kabir* rezitierend aus der Strömung des Flusses Kathina stieg und dabei Tropfen seiner Tränen auf die Wasseroberfläche fielen, da kamen unzählige winzige Fischchen herangeschwommen, um etwas vom Salz seiner Tränen zu erhaschen.

Als Mohandas nach Hause kam, sah er, dass Kasturibai den ganzen Innenhof mit Kuhdung verputzt hatte. Mutter Putlibai hatte die Samen von Wassermelonen, Zuckermelonen und Flaschenkürbissen in einer Worfel ausgebreitet und verlas sie mit den Fingern. Vater Kabadas saß in einer schattigen Ecke und war damit beschäftigt, Bambusrohre aufzuspalten. Und mitten im Innenhof saß sein anderthalbjähriger Sohn Devdas, ganz in sein Spiel versunken, mit einer kleinen Sichel Grashalme abzuschneiden.

Als Putlibai seine Schritte vernahm, hob sie den Kopf und schaute ihren Sohn mit ihren bereits erblindeten Augen an. Lächelnd sagte sie: „Weißt du Mohana, heute sind im Nest des *Maina* zwei Küken geschlüpft."

Putlibai wäre sehr glücklich gewesen, wenn sie hätte sehen können, wie das Gesicht ihres Sohnes Mohandas vor Freude über diese Nachricht strahlte.

An jenem Tag nahm Mohandas Kasturi und Devdas nach dem Abendessen mit zum Fluss Kathina. Kasturi hatte eine Menge Saatgut in ihrem Sari-Ende verstaut und um ihre Taille gebunden, Devdas trug sie auf dem Arm. Über Mohandas' Schulter hingen eine Hacke, ein Spaten und ein Seil aus langen Pflanzenfasern.

Die angenehm kühle Brise vom Flussufer ließ Devdas sogleich in einen tiefen Schlaf sinken. Kasturi und Mohandas machten sich sogleich daran, die Pflanzlöcher in den Beeten mit Kuhdung aufzufüllen und getrennte Reihen für verschiedene Gemüse- und Obstpflänzchen anzulegen. Innerhalb von zwei Stunden war die Arbeit getan. Während Kasturi in einem irdenen Krug Wasser aus dem Kathina-Fluss herbeischaffte und damit die Beete besprengte, betrachtete Mohandas fasziniert ihre Schönheit im Licht der funkelnden Sterne. Im matten silbernen Schein des Sternenhimmels glich Kasturis brauner Körper jenen alten Steinskulpturen, die man bei einer Ausgrabung im Banheru-Teich entdeckt und außerhalb des Schreins von *Malaiha Mai* abgestellt hatte. Kasturis Leib, Taille, Arme, Brust und Schenkel hatten dieselben Kurven, dieselbe Schönheit, wie sie ein Bildhauer voller Hingabe über viele Jahre mit Hammer und Meißel allmählich geformt haben mochte.

Mitternacht war längst vorbei. Ab und an war das Rufen eines Kiebitzes oder Kormorans zu hören. Mohandas war umgeben von dem Geruch nach Schweiß, der von Kasturis Körper aufstieg und sich mit der schweren feuchten Luft vom Kathina-Fluss vermengte. Was hatte sich diese Frau nicht alles erträumt, als sie ihn geheiratet hatte, und was hatte sie letztlich erhalten? Von früh bis spät in die Nacht, tagaus tagein, ununterbrochen, in Zeiten von Glück und Leid, von Krankheit und Niederlage, von Hunger und Durst, stand sie stets an seiner Seite. Mohandas verspürte in dem Moment eine innige und tiefe Verbundenheit mit Kasturi. Wie gebannt blickte er sie an. Kasturi stellte den Krug auf den sandigen Boden, richtete sich auf und begann ihr Haar zu einem Knoten aufzustecken. Mohandas erhob sich und ging zu ihr hin, Kasturi schwieg.

„He Kasturi, willst du mit mir *Kabaddi* spielen?“, sagte Mohandas mit einem Lächeln. „Hu … tu … tu … tu!“

Er ergriff ihren Arm und begann sie unter den Achseln und am Bauch zu kitzeln. Kasturi versuchte sich zu befreien: „He … he …! Devdas wird aufwachen …! Was machst du da? Lass los … lass mich los … lass los!“ Als Kasturi sah, dass Mohandas sie nicht loslassen wollte, stieß sie ihn zur Seite und rannte zum Kathina-Fluss hinunter. Sie rannte und sprang dabei voller Übermut wie eine Gazelle, die ihre Freiheit erlangt hatte, im dämmrigen silbernen Sternenlicht am weitläufigen Sandufer des Flusses entlang.

„Na komm … komm … komm! Fang mich doch, wenn du kannst! Komm … Komm …!“ Ihre Stimme verflüchtigte sich zunehmend in der Ferne und von ihr war nur ein Schatten zu sehen, der allmählich in der Dunkelheit verschwand.

„Hu … tu … tu … tu … tu … tu … tu!“ rief Mohandas und rannte ihr mit großer Geschwindigkeit hinterher.

Kasturi lief noch schneller, doch Mohandas kam ihr immer näher. Sie erhöhte ihr Tempo und rannte so schnell sie konnte am Ufer entlang, im Wasser plantschend. „Na komm … komm … komm! Fang mich doch, wenn du kannst!“ Sie geriet außer Atem und schnappte nach Luft. Mohandas' „Hu … tu … tu … tu …“-Rufe kamen von Sekunde zu Sekunde näher. Kasturi wusste, dass sie Mohandas nicht mehr entkommen könnten, dennoch sammelte sie noch einmal all ihre Kräfte. Mit einem einzigen weiten Sprung kam ihr Mohan zuvor und ergriff sie. Mit einem Platsch fielen sie beide in das Wasser der Kathina. „Lass los, he, lass los!“ Sie wehrte sich und bespritzte Mohandas mit Wasser, doch er umschlang sie nur noch fester. In der feuchten Luft über dem

Fluss verschmolz ihr beider Atem zu einem. Während er ihren Körper mit seinen Fingern kitzelte, kreischte und juchzte Kasturi ausgelassen. Ihre gespielte Gegenwehr wurde schwächer und während sie vorgab, Mohandas wegstoßen zu wollen, glitt sie immer dichter zu ihm heran, so wie ein Stück Metall von einem Magneten angezogen wird. Mohandas zog sie ins Wasser und legte sich über sie. „Kasturi, du Schönste und Lieblichste …! Gib mir meine *Karaunda* …!“ sagte er und küsste sie.

In jener heißen Frühlingsnacht im blassen Silberschein funkelnder Sterne am fernen Firmament tollten sie zügellos und ungehemmt wie zwei junge Fische im kühlen Wasser des Flusses. Ab und an wurde die Stille der Nacht von Kasturis Lachen und Jauchzen durchdrungen, vermischt mit Mohandas' gestöhntem „Hu … tu … tu ... tu …“

Erschöpft kehrte Kasturi heim und schlief noch in ihrem nassen Sari neben Devdas ein. Mohandas jedoch lag bis tief in die Nacht in der seichten Uferströmung und sang, indem er zu den Göttern des Nachthimmels blickte:

„Ponchi-parauni bolat habai ga,
kahan gaye he sangvari,
karaunda pharat habai re …
karaunda pharat habai ga …
mor boli he umariya
karaunda bataon tola ka…“[1]

---

1 Populäres Volkslied in Chhattisgarhi.

„Hör, wie die Vögel und Wildtiere sprechen:
Oh! Wohin bist du gegangen, Liebling,
schau, wie der *Karaunda*-Strauch blüht,
der *Karaunda* blüht und trägt Früchte, schau …
Ich bin noch nicht reif, oh *Karaunda*,
ich weiß nicht, wie soll ich es dir sagen.

Aus seiner Kehle drang heute eine solch melodiöse Stimme hervor, dass auch der ferne Gesang der Kormorane und Kibitzweibchen näherkam und sein Lied zu begleiten begann.

Als Andenken an jene Nacht entstand Sharda.

In jenem Jahr war die Ernte von Wassermelonen, Gurken und weiteren Gemüsesorten zwar sehr ertragreich, aber aufgrund niedriger Marktpreise hielten sich die Einkünfte stark in Grenzen. Obwohl Kasturi schwanger war, musste sie notgedrungen im Dienste anderer Lohnarbeit verrichten. Mohandas plagte sich ebenfalls ab. Die Kathina hatte zwar einmal seine Gebete erhört, aber in der darauffolgenden Zeit quoll ihr Wasser mehrfach über und ihre Fluten rissen Mohandas´ harte Arbeit von vielen Monaten mit sich fort. Der Husten von Kabadas verschlimmerte sich. Glücklicherweise wurde im sechs Kilometer entfernten Kreiskrankenhaus ein sehr tüchtiger Arzt namens Doktor Wakankar eingestellt. Er erklärte Mohandas, dass gegen Tuberkulose im Krankenhaus Medikamente kostenlos erhältlich seien und sein Vater diese unbedingt einnehmen sollte. Er gab ihm sogar in einer Plastiktüte Medizin für zwei Monate mit. Weder schaffte es Kabadas, die Medizin regelmäßig einzunehmen, noch vermochte er, eine entsprechende Diät und andere Vorbeugemaßnahmen zu befolgen. Es war nie sicher, was, wann und ob es überhaupt etwas zu essen gab. In Bezug auf Mutter Putlibais Augen teilte Doktor Wakankar mit, dass durch eine Operation vierzig Prozent der Sehkraft wieder hergestellt werden könnte, aber dies würde mindestens acht- bis zehntausend Rupien kosten. Er versicherte Mohandas, dass wenn ein hilfsbereiter und ehrlicher Collector in diesen Bezirk versetzt würde, er diese Sache arrangieren würde. Es verstrich Jahr für Jahr, aber ein solcher Collector kam nicht. Unterdessen tauchten ein junger Mann und eine junge Frau von einer Hilfsorganisation in der Siedlung der *Bansharas* und *Kabirpanthis* auf. Sie versicherten Kasturi und Mohandas, dass sie rasch etwas unternehmen würden, damit sie ohne Mühe ihren Lebensunterhalt bestreiten könnten. Sie füllten mehrere Anträge aus und ließen sie von Mohandas unterschreiben. Aber dann kamen sie nicht mehr wieder. Man erfuhr später, dass das junge Paar geheiratet hatte und nach Delhi gezogen war. Die junge Frau arbeitete nun beim Fernsehen. Der junge Mann eröffnete mit Hilfe seines Onkels, der im *IAS* tätig war, ein Institut, das sich um Slumbewohner kümmerte, und war infolgedessen stets auf In- und Auslandsreisen.

Die Zeit verstrich. Mohandas und Kasturi konnten sich durch ihre harte Arbeit und die Unterstützung durch *Malaiha Mai* irgendwie über Wasser halten. Sharda war jetzt zwei Jahre alt und Devdas vier. Kabadas lag nun die meiste Zeit im Bett. Manchmal stellte er Seile aus langen Gräsern her und manchmal spaltete er Bambusrohre auf. Dennoch nahmen seine Hustenanfälle zu. An seiner Brust konnte man schon die Rippen zählen. Gelegentlich hatte es den Anschein, dass er zusammen mit dem Schleim nicht nur Blut, sondern auch Fleischklümpchen aushustete. Indessen hatten politische Führer und Beamte die Versetzung Doktor Wakankars in einen anderen Bezirk veranlasst. Somit gab es niemanden mehr, der Mohandas kostenlos Medikamente gegen Tuberkulose zur Verfügung stellte. Immer wenn er sich zu diesem Zweck ins Krankenhaus begab, wurde er auf die nächste Woche vertröstet. Sein Vater Kabadas war nun so geschwächt, dass er nach einem Hustenanfall einfach nur im Bett liegenblieb und stillschweigend den Boden anstarrte. Sogar die Ameisen und Fliegen waren bereits mit dem Geräusch seines Hustens vertraut. Sowie er sich vom Bett hinunter bückte und aushustete, machten sich sogleich von überall her Kolonnen von roten und schwarzen Ameisen auf den Weg zum Schleim. Einmal erschauderte Kabadas, als er sah, wie ihn beim Husten eine große Stechfliege umkreiste. Kabadas sah bereits sein Ende nahen. Er wollte Putlibai zu sich rufen, aber bevor er einen Ton hervorbringen konnte, bemächtigte sich wieder ein schwerer Hustenanfall seiner Kehle, und schließlich spuckte er eine Handvoll Blut und Fleischklümpchen aus. Mohandas und Kasturi waren bereits weggegangen, um sich um die Gemüsebeete am Kathina-Fluss zu kümmern. Zuhause befand sich nur die blinde Putlibai. Sie kam angerannt, dabei stürzte sie immer wieder. Während sie ihn berührte, fing sie an zu weinen. Das ganze vorige Jahr hindurch hatte Rheuma ihre Kniegelenke befallen. Kabadas war am Ende seiner Kräfte. Nach einer Weile beruhigte sich sein Atem und er rügte Putlibai: „Warum weinst du denn, blinde Frau? Ich habe noch nicht vor zu sterben. Ich werde nicht sterben, bevor Devdas und Sharda verheiratet sind. Weine nicht!"

Kabadas streichelte ihren Kopf und sagte: „Hole den Bambus

her und gib mir die Axt. Ich will die Bambusrohre aufspalten!“

Halten Sie an dieser Stelle kurz inne. Sie werden vermutlich denken, dass ich Ihnen aus Anlass des einhundertfünfundzwanzigsten Geburtstages von Premchand, dem König der Hindi-Prosa, eine ebenso alte Geschichte, erzähle, die lediglich in einem modernen Gewand daherkommt. Aber die Wahrheit ist, dass der Bericht, den ich Ihnen vorlege und der in Stil, Muster und Sprache derart antiquiert und rückständig ist, aus jener Zeit direkt nach dem 11. September stammt, als in Reaktion auf den Kollaps der beiden Zwillingstürme in New York zwei souveräne Staaten Asiens in Schutt und Asche verwandelt wurden. Als alle Menschen, die andere Götter als die Amerikas und Europas verehrten, für Faschisten, Terroristen und Kommunalisten gehalten wurden. Als Unternehmen, Regierungen und Armeen täglich auf der ganzen Welt Unschuldige für Öl, Gas, Wasser, Märkte, Profit und Ausbeutung töteten.

Eine Zeit, in der sich jeder, der an der Macht war, bei genauem Hinsehen als der Klon irgendeines anderen erwies. Ein jeder die gleiche Marke konsumierte, die gleichen Drinks zu sich nahm, die gleichen Lebensmittel aß, in Autos der gleichen Unternehmen umherfuhr und über ein Konto bei der gleichen Bank verfügte. Jeder in seiner Tasche die gleiche Geld- oder Kreditkarte besaß und in der Hand das gleiche Mobiltelefon hielt. Und man sie alle im Rausch der gleichen Alkoholmarke in den Zeitungen auf den Seiten eins bis drei oder in den Fernsehsendern Nummer eins bis siebzig sehen konnte, wie sie alle gleich in ihrer Trunkenkeit, Schamlosigkeit und Nacktheit waren. Schauen Sie genau hin, sie hatten die gleiche Hautfarbe und sprachen die gleiche Sprache.

Mohandas' Jeans und sein kariertes Buschhemd waren gänzlich ausgeblichen und an vielen Stellen von Kasturi mit Flicken versehen worden. Kabadas stand nur noch auf, wenn er seine Notdurft verrichten musste. Ansonsten lag er Tag und Nacht hustend und spuckend im Bett. Putlibai ächzte fortwährend unter den Schmerzen des Rheumas. Und dennoch, sobald ihre beiden Enkelkinder bei ihnen waren, schien es, als seien ihre Körper nicht nur von neuem Leben erfüllt, sondern auch von den Freuden großelterlicher Liebe und Zuneigung. Während Devdas im Bett seines Opas herumtobte, hüpfte und zappelte Sharda verspielt auf dem Schoß ihrer Oma.

An jenem Tag waren Mohandas und Kasturi im Hof damit beschäftigt, Matten, Sonnenhüte und kleine Taschen aus Bambus und Wildgras zu flechten.

Sie hatten vom Laden des Markthändlers Mohanlal Marwari „Vindhyanchal Handicrafts" einen solch großen Auftrag erhalten, dass sie zwei bis drei Monate lang mit nichts anderem beschäftigt waren. Sie mussten fünfzig Matten, fünfzig Sonnenhüte und dreißig Taschen anfertigen. Daher kümmerten sich Kaba und Putli um die Kinder. Kaba stieg gelegentlich aus seinem Bett und solange ihn der Husten nicht vollkommen auslaugte, spaltete er Bambusrohre der Länge nach auf.

Dies war ein traditionelles Handwerk und er hatte darin langjährige Erfahrung. Kasturi flocht die Matten, als ob eine Maschine ihre Finger bewegen würde. Der viereinhalbjährige Devdas trieb mit einem Helm auf dem Kopf und einem Bambusstock in der Hand seine zweieinhalbjährige Schwester Sharda an, als ob sie eine Ziege wäre: „Hurr … hurr …" Und die kleine Sharda kroch in diesem Rollenspiel auf allen Vieren von einem Ende zum anderen Ende des Hofes. Da waren plötzlich Schritte an der Tür zu hören. Es war Mohandas' Schwager Gopaldas, der sein Rad an die Wand anlehnte und eintrat. Er bediente in der Werkstätte von „Narmada Timber and Furniture" die Sägemaschine, führte aber auch auf Anweisungen seines Chefs immer wieder Botendienste mit dem Fahrrad aus.

Kasturi freute sich sehr, den Mann ihrer Schwester zu sehen. Es war schon lange her, dass ein Gast aus der Nähe ihres elterlichen Heimatdorfes sie besuchte. Nach der Bewirtung mit Getränken und Tabak erzählte Gopaldas Mohandas, dass er sich vor drei Tagen wegen einer Arbeit zu den Oriental Coal Mines begeben habe. Dort erfuhr er, dass ein gewisser Bisnath aus dem Dorf Bichiya seit nun schon vier Jahren unter dem Namen Mohandas als Depotleiter arbeite und dafür monatlich einen Lohn von über zehntausend Rupien erhalte. Gopaldas fuhr fort, dass Bisnaths Vater Nagendranath sich mit dem sachbearbeitenden Beamten des Einstellungsbüros zusammengetan und Mohandas' Einstellungsbrief seinem herumlungernden Sohn Bisnath gegeben habe. Den Umstand, dass auf den Zertifikaten und Zeugnissen, die Mohandas beim Bewerbungsgespräch abgegeben hatte, keine Fotos von ihm angebracht waren, konnte Bisnath für sich ausnutzen, indem er sich als Mohandas ausgab, auf den Dokumenten überall seine eigenen Fotos aufklebte und diese sogar mit einer eidesstattlichen Erklärung von einem hochrangigen Staatsbeamten notariell beglaubigen ließ. Auf diese Weise nahm Vishwanath Prasad alias Bisnath die Identität von Mohandas, Sohn des Kabadas, zur Kaste des *Kabirpanthi* Vishwakarma gehörig, an und begann seelenruhig in den Oriental Coal Mines als Depotleiter mit einem Monatslohn von zehntausend Rupien zu arbeiten.

Gopaldas erzählte, dass er Bisnath in einem Restaurant in der Nähe des Kohlebergwerks hatte Tee trinken sehen. Um seinen Hals hing ein Plastikausweis mit seinem Foto, doch ausgestellt auf den Namen Mohandas. Außerdem redeten ihn alle Leute, die ihn begleiteten, stets mit Mohandas an.

Gopaldas bekam auch mit, dass Bisnath wohl aus seinem Dorf Bichiya weggezogen war und mit der Familie seit vier Jahren in Lenin Nagar, der zu den Oriental Coal Mines gehörenden Arbeitersiedlung, wohnte. Dort solle seine Frau im Geldverleih tätig sein und einen *Chit fund* betreiben. Amüsant daran war, dass alle Bewohner von Lenin Nagar Bisnath nur unter dem Namen Mohandas und seine Frau Amita unter dem Namen Kasturi kannten. Bisnath verfügte jedoch über keinen Bachelor-Abschluss wie Mohandas und hatte nicht einmal die mittlere Reife geschafft, daher schmeichelte er sich anstatt seiner Arbeit nachzugehen ständig bei den höheren Beamten ein, schmuggelte Kohle und war in der Gewerkschaft aktiv.

Als Mohandas die Worte seines Schwagers Gopaldas hörte, schwirrte ihm der Kopf. Wie konnte so etwas passieren? Wie konnte eine Person die Identität einer anderen annehmen? Und das am helllichten Tag, in aller Öffentlichkeit, auf diese Weise? Und nicht nur für ein bis zwei Tage, sondern ganze vier Jahre lang? Aber durch das, was er bereits in seiner Armut und Hilflosigkeit erlebt hatte, und durch die alten Geschichten, die ihm sein Vater Kabadas aus seinem Leben erzählt hatte, gewann Mohandas den Eindruck, dass Regierungsbeamte, Reiche und Anhänger politischer Parteien so mächtig sind, dass sie alles tun können. Sie konnten einen Hund zu einem Ochsen machen, ein

Schwein zu einem Tiger, einen Graben zu einem Berg, einen Dieb zu einem Geldverleiher, was auch immer nach ihren Wünschen formen. Mohandas stockte der Atem. Oh *Satguru*, was waren das für Zeiten! Gab es in all den vier Jahren wirklich keinen einzigen Menschen, der hätte sagen können, dass die Person, die unter dem Namen Mohandas in den Oriental Coal Mines monatlich zehntausend Rupien Lohn einstrich, nicht Mohandas, sondern Bisnath war, dessen Vater nicht Kabadas sondern Nagendranath hieß, dessen Frau nicht Kasturibai, sondern Amita Bharadvaj hieß und dessen Mutter nicht Putlibai, sondern Renuka Devi war? ... Dass er nicht aus dem Dorf Purbanra, sondern aus Bichiya stammte? Dass er keinen Bachelor-Abschluss, ja nicht einmal die mittlere Reife hatte …?

An jenem Tag hielt Mohandas beim Flechten der Matten immer wieder inne. Er starrte ins Leere und war in seine Gedanken versunken. Beim Aufspalten der Bambusrohre glitten seine Hände ab. Einmal hätte er sich sogar mit der Sichel beinahe den Daumen abgeschnitten. Kasturi beobachtete alles und verstand die innere Aufgewühltheit ihres Mannes nur zu gut. Sie nahm Mohandas die Sichel aus der Hand und sagte zu ihm: „Heute scheint die Sonne etwas zu heiß. Geh, wasch dich und lege dich eine Weile hin."

Am nächsten Morgen nahm Mohandas den Sieben-Uhr-Bus und fuhr zu den Oriental Coal Mines. Er hatte die ganze Nacht lang nicht richtig schlafen können. Genau halb elf kam er dort an.

Das Problem war, jemanden zu finden, mit dem er sprechen konnte. Er kannte doch niemanden. Zudem konnte man bei seinem Äußeren nur schwerlich glauben, dass es sich bei ihm um den echten Mohandas handelte, der seinen Bachelor am

Government Mahatma Gandhi Degree College mit Auszeichnung abgeschlossen und dessen Foto vor wenigen Jahren in den Zeitungen veröffentlicht worden war. Ein weiteres Problem bestand auch darin, dass er jene Zeitungen nicht aufbewahrt hatte, so dass er seine darin abgedruckten Fotos hätte zeigen und erklären können: „Schaut her, ich bin es – Mohandas, der Sohn von Kabadas, wohnhaft in Purbanra, Distrikt Anuppur, Madhya Pradesh, der vor wenigen Jahren am öffentlich akkreditierten M.G. College den zweitbesten Bachelor-Abschluss seines Jahrgangs erwarb. Vergleichen Sie das Foto mit meinem Gesicht. Ich bin es, der echte Mohandas!"

Nur sehr ungern ließ man Mohandas das Eingangstor passieren. Seine Jeans waren an den Knien aufgeplatzt und das Hinterteil völlig abgewetzt. Kasturi hatte die Hose noch notdürftig mit Stücken ihrer alten Bluse oder alter Laken von ähnlicher Farbe zusammenflicken können. Die Hitze, die Kälte, die Schufterei, der Hunger und Durst vieler Tage hatten Mohandas' Gesichts- und Hautfarbe zu einer Mischung aus Pechschwarz und Kupferrot verwandelt. Leid und Not hatten so viele Falten in sein Gesicht gefurcht, dass man schwer glauben konnte, dass er das vierzigste Lebensjahr noch nicht vollendet hatte. Sooft er Mangel und Beleidigungen ertragen musste, wurden seine Augenbrauen und die Härchen an Händen und Brust weißer. Im Alter von Anfang bis Mitte dreißig wirkte er wie Anfang bis Mitte fünfzig.

Mohandas stand nun vor genau jenem Büro, wo er vor vier Jahren seine Papiere eingereicht hatte und dessen dort arbeitender Beamte ihm versichert hatte, dass sein Name von der Bewerberliste niemals gestrichen werden könne, da er bei den schriftlichen und körperlichen Eignungstests der Beste war.

Mohandas sah, dass in jenem Zimmer noch derselbe Beamte saß, den er zuvor dort mehrfach angetroffen hatte. Sein Sessel war aber nun größer, auch der Tisch davor. Hinter seinem Rücken war eine Klimaanlage angebracht worden, die kühle Luft blies. Von der Tür aus sah Mohandas, dass der Beamte damit beschäftigt war, Kekse zu essen und Tee zu trinken. Ihm gegenüber saßen zwei Personen, die leise mit ihm sprachen. Als der Blick des Beamten plötzlich auf ihn fiel, legte Mohandas seine Hände zum Gruß aneinander und lächelte ihn an, in der Hoffnung, seinem Gedächtnis auf die Sprünge zu helfen. Der Beamte runzelte die Stirn. Vielleicht konnte er ihn nicht erkennen. Mohandas begrüßte ihn abermals respektvoll und sagte: „Mein Herr, ich bin es, Mohandas ...!" Ehe Mohandas weitersprechen konnte, drückte der Beamte auf einen Knopf unter dem Tisch. Ein ohrenbetäubend schrilles Geräusch ertönte und ein Bürogehilfe kam hereingerannt. Der Beamte rügte den Bürogehilfen mit Worten, die Mohandas akustisch nicht verstehen konnte. Der Bürogehilfe zog den Vorhang zum Zimmer zu und sagte, nachdem er ihn von Kopf bis Fuß gemustert hatte, zu Mohandas: „Weswegen bist du hier? Geh, setz dich dort auf die Bank in der Veranda! Wie bist du hierhergekommen?" Mohandas wollte ihm erklären, dass er Mohandas heiße, dass er vor viereinhalb Jahren für eine Anstellung im Kohlebergwerk auserwählt worden war, dass er all seine Papiere in genau diesem Büro abgegeben habe, aber nun eine andere Person an seiner Stelle arbeite, dass diese Person unter seinem Namen angestellt worden sei usw. Da seine Stimme sehr schwach war und der Bürogehilfe ihn zur Bank in der Ecke der Veranda zog, klangen seine hastig gesprochenen Sätze wirr und zusammenhanglos. Seine Kehle war wie zugeschnürt und er stammelte vor sich hin. Während Mohandas seinen Arm vom Griff des Bürogehilfen zu befreien versuchte, flehte er ihn an: „Bruder, bitte lass mich nur ein Mal zu dem *Babu*. Ich will meine Zertifikate und Zeugnisse zurück haben."

Der Bürogehilfe schubste ihn auf die Holzbank an der Wand und wollte gehen. Da begriff Mohandas, dass es ihm nicht ein weiteres Mal möglich sein würde, hierher zu kommen, dies war seine letzte Chance. Dem Bürogehilfen, der gerade durch die Tür des Einstellungsbüros verschwinden wollte, rief er lautstark zu:

„He, He! Sage dem *Babu,* dass Mohandas, BA, gekommen ist und er seine am 18. August 1997 abgegebenen Papiere zurückfordert. Was für ein Theater veranstaltet er hier! Glaubst du, dass du tun und lassen kannst, was du willst, nur weil du auf dem Amtsstuhl sitzt? Komm, bring mir einen Zettel, ich werde meinen Namen darauf schreiben. Gib ihn dem *Babu*!"

Der Bürogehilfe war für einen Moment verdutzt. Aus dem Mund dieses Mannes, der wie ein alter Bettler in Lumpen gekleidet war, kamen wohlformulierte Worte. Eine solche Sprache und einen solchen Tonfall pflegen ansonsten nur gebildete und ranghohe Beamte zu haben.

Der Bürogehilfe hielt an der Tür inne und schaute für eine Weile Mohandas genau an. Seine zerrissene Hose war an mehreren Stellen notdürftig zusammengeflickt, die Farbe ausgeblichen, das karierte Buschhemd zerschlissen und dreckig. Auf der sich ausbreitenden Glatze seines Kopfes befanden sich ausgetrocknete, zerzauste schwarz-weiße Haare. Sein kupferrotes verwelktes Gesicht war voller unregelmäßiger Falten. Seine verzweifelten schwachen Augen waren in ihren Augenhöhlen so eingesunken, als würden sie sich selber betrachten, jeglicher Glanz war darin erloschen. Die alten billigen Gummisandalen, die irgendwie an seinen Zehen hingen, hatten durch die lange Zeit der Arbeitslosigkeit, durch Mangel, Leid und Enttäuschungen die Form von Lehm, Holz oder Papier angenommen.

„Penner …! Verdammter Idiot … ! Scheißkerl …! Welche Partei und welcher Beamte würden einem verfluchten Hungerleider wie dir schon zu Hilfe kommen?“ stieß der Bürogehilfe mit vor Zorn bebenden Lippen hervor. Mohandas erkannte, dass der Bürogehilfe seinen Worten keinen Glauben schenkte, wo doch selbst Gott wusste, dass er die Wahrheit sprach. Deshalb stand er auf und ging voller Selbstvertrauen geradewegs auf ihn zu. Er hatte vor, ihm zu verstehen zu geben, dass Bisnath nicht nur ihn, sondern letztlich auch die Oriental Coal Mines belogen und betrogen habe.

Die Ungestümheit, mit der sich Mohandas dem Bürogehilfen näherte, seine innere Aufgewühltheit, die sich in den Falten in seinem Gesicht widerspiegelte, das sonderbare gehetzte Flimmern in seinen eingesunkenen Augen, das Beben seiner trockenen Lippen, als er vor Ungeduld alles auf einmal sagen wollte – dies alles versetzte den Bürogehilfen ernsthaft in Angst. Den Blick auf Mohandas gerichtet schrie er lauthals:

„He, He …! Keinen Schritt weiter, hast du kapiert! Bleib stehen, du Mistkerl! Ich habe gesagt, du sollst stehenbleiben, du …!“

„Ach, Bruder, so hör mich doch an!“ Mohandas versuchte seiner wirr vorgetragenen Rede durch eine erhöhte Lautstärke Nachdruck zu verleihen. Aber da er seine Worte nicht höflich, sondern gehetzt sprach, machte er das Ganze nur noch schlimmer. Der Bürogehilfe stellte sich angespannt auf und schrie laut:

„Bist du denn taub? Bleib stehen, wo du bist, ansonsten bring ich dich unter die Erde, du Mistkerl! Keinen Schritt weiter!“

Nachdem sie die Schreie an der Tür gehört hatten, kamen vier bis fünf Personen aus dem Büro heraus. Sie waren wie höhere Beamte gekleidet und musterten Mohandas von Kopf bis Fuß.

„Wer ist das? Wie ist er hereingekommen?“

„Ruf den Sicherheitsbeauftragten Pandey herbei. Diese Wachleute kauen nur Tabak und schlafen dabei auf dem Stuhl ein!“

„Wer hatte heute alles am Haupteingang Dienst? Holt den Dienstplan her!“

„So schafft ihn doch weg!“

„Das ist ja die Höhe! Dass irgendjemand einfach so eintreten kann ...! Und vielleicht sogar auf jemanden schießt ... peng, peng! ... oder sogar eine Bombe zündet!“

„Übergebt ihn der Polizei! Sharmaji, wählen Sie auf ihrem Handy die 100!“

Niemand hörte auf das, was Mohandas sagen wollte. Man schubste ihn hinaus. Dann hagelte es Faust- und Ellbogenhiebe auf seinen Kopf, Rücken, Schultern und Gesicht. Mohandas hielt beide Hände vor das Gesicht, um seine Augen zu schützen. „So hören Sie mich doch an! He, schlagen Sie mich bitte nicht! He ...!“

Unterdessen kamen drei, vier Wachmänner angerannt. Einer von ihnen hielt eine zwölfkalibrige Doppelflinte in der Hand, wie sie die Wächter von Banken haben, die anderen trugen Schlagstöcke. Von Mohandas‘ Rücken löste sich die Haut.

Sämtliche Sterne, die er in jener Neumondnacht am Kathina-Fluss gesehen hatte, begannen nun vor seinen Augen wie Meteoriten donnernd und krachend zu zerbersten und in die Einzelteile zu zerfallen. Da traf ihn ein Schlag mit solcher Wucht, dass er einen Schmerzensschrei ausstieß, wie man ihn sonst von einem Schwein hört, dessen Füße zusammengebunden sind und dem man gerade die Kehle durchtrennt. Sein Schrei war von solcher Intensität, dass alle Minenarbeiter heraustraten und einen Kreis bildeten, um sich das Spektakel anzusehen.

Geben Sie acht: Diese Geschichte spielt genau in jener Zeit, als ein Hindu-Heiliger in seinem Kloster mit einer Frau dasselbe tat wie Tausende Kilometer und einige Ozeane entfernt der Präsident Amerikas, während er im Weißen Haus auf einem Stuhl saß. In einer Zeit, als im Zweistromland von Euphrat und Tigris Abkömmlinge von alten Seeräubern einen Nachkommen des Gilgamesch aus einer Grube zogen, in der sich jener versteckt hielt, um sein Leben zu retten, und nun dessen Zähne zählten.

Es war eine Zeit, in der durch ein Gesetz umgekehrte Proportionalität galt: Je mehr Macht jemand besaß, desto zügelloser, gewalttätiger, barbarischer, unmoralischer und diabolischer war er … Und es schien, als träfe dies sogar auf Nationen, politische Parteien, Volksgruppen, religiöse Gemeinschaften und Individuen gleichermaßen zu.

Mohandas stand außerhalb des Eingangstors zu den Oriental Coal Mines auf der Straße. Genau in der Mitte. Sein Gehirn vermochte keinen Gedanken zu fassen. Er empfand um sich herum eine furchterregende Stille, die immer wieder durch ein Pfeifen und Zischen durchbrochen wurde. Dabei war ihm überhaupt nicht bewusst, dass er mitten auf der Straße stand und LKWs, Geländewagen, Autorikschas und andere Fahrzeuge hupend vor und hinter ihm vorbeirasten und ihm dabei nur knapp auswichen.

In Mohandas' Tasche war noch die Geldbörse, die er in Erwartung der Anstellung für dreißig Rupien gekauft hatte. Darin befanden sich jetzt einhundertsiebzig Rupien. Der Verdienst seiner harten Arbeit. Obwohl er für den Busfahrschein fünfundsechzig Rupien ausgegeben hatte, war noch immer etwas Geld übrig. Als er seine Geldbörse berührte, beruhigte er sich etwas. Erst jetzt spürte er plötzlich wie brennend heiß die Sonne schien. Er lief schnell zum Straßenrand. Er hatte Hunger.

Im Speiselokal namens „Motu Vaishnav Pure Vegetarian Hotel" erfuhr er beim Essen, dass am Abend von hier zwei Busse der öffentlichen Verkehrsbetriebe und ein Privatbus in Richtung seines Dorfes Purbanra fuhren. Jetzt war es gerade erst ein Uhr. Er beschloss, sich in der Wohnsiedlung der Oriental Coal Mines „Lenin Nagar" umzusehen. Vielleicht würde er dort einen Bekannten treffen, einen alten Kommilitonen aus der Schul- und Collegezeit oder jemand anderen.

In Lenin Nagar lief er von einem Ende zum anderen. Es war Mittagszeit. Sämtliche Wohnungen waren nach dem gleichen Muster gebaut. Die Männer waren bereits zum Arbeiten in das Werk gegangen. In den Wohnungen waren nur Frauen und Kinder anzutreffen. Ein Schulbus hielt hier und dort an, ließ die Kinder aussteigen und fuhr weiter. Lenin Nagar war eine ziemlich große Wohnsiedlung. Wenn man mich nicht belogen und betrogen hätte, würde ich auch in einer dieser Wohnungen in Lenin Nagar leben, jeden Monat ein Gehalt beziehen, Devdas und Sharda würden in gleicher Weise in Schuluniform und mit Schuhen und Socken bekleidet aus dem Bus aussteigen. Sie würden in Zimmern mit Ventilatoren schlafen. Wie absurd war es, dass Mohandas seinen eigenen Namen verwenden musste, um sich nach Bisnaths Wohnadresse zu erkundigen:

„Welches ist die Wohnung von Mohandas, mein Herr?"

„Von wem? Dem Depotleiter?"

„Ja!"

„Geh gerade aus, biege nach dem vierten Block links ein. Es ist gleich das dritte Gebäude, A/11. Die Wohnung neben der von Dr. Janardan Singh."

Die Haustür war verschlossen. An der Außenwand hing ein Namensschild, auf dem stand: „Mohandas Vishwakarma, Junior Depot Manager, Oriental Coal Mines."

Eine ganze Weile stand Mohandas verloren da und las immer wieder das Namensschild. Dann drückte er auf den Klingelknopf, der sich genau unter dem Namenschild befand. Für einen Moment erschrak Mohandas, da sich das Türläuten genauso anhörte wie der schrille Ton der Klingel, die der *Babu* aus dem Einstellungsbüro betätigt hatte, woraufhin man ihm übel mitgespielt hatte.

Geöffnet wurde die Tür von einem vierzehn- bis fünfzehnjährigen Jungen.

„Der Sahib ist nicht da. Er ist soeben erst weggegangen. Er wird wohl im Markt gegenüber gerade *Lassi* trinken", sagte der Junge ohne zwischendurch Luft zu holen.

„Dürfte ich einen Schluck Wasser haben?" Mohandas' Kehle war wie ausgetrocknet. Die Sonne brannte unerbittlich vom Himmel und es wehten heiße Winde. Er glühte förmlich. Als man ihn aus dem Werk hinaus geprügelt hatte, hatte er einige Schürfwunden an Ellbogen, Wangen und Rücken erlitten. Nun begannen sich die Wunden durch den salzigen Schweiß zu entzünden.

„Bleib da stehen. Ich bringe es dir", sagte der Junge, nachdem er ihn von Kopf bis Fuß gemustert hatte, und begab sich hinein.

Mohandas leerte drei Glas Wasser in einem Zug. Der Junge hatte aus dem Kühlschrank eine Flasche mit eiskaltem Wasser mitgebracht. Das Wasser erweckte Mohandas' Körper zu neuem Leben, brachte den Glanz in seine Augen zurück und beruhigte ein wenig seinen Geist. Er bemerkte den mitfühlenden Blick, als der Junge das Glas zurücknahm.

„Wer ist momentan alles zuhause?", fragte Mohandas.

„Niemand. Nur Frau Kasturi. Sie schläft gerade. Komm nach fünf." Als der Junge im Begriff war mit der leeren Flasche und dem Glas hineinzugehen, sagte Mohandas: „Wenn der Sahib kommt, dann sage ihm, dass Mohandas aus dem Dorf Purbanra da gewesen ist. Ich komme am frühen Abend wieder."
Der Junge blieb stehen. Er schaute Mohandas mit einem verwirrten Blick an und fragte: „Was hast du gesagt? Wer soll da gewesen sein?"

„Mohandas!", sagte Mohandas lautstark und kehrte allmählich zur Straße zurück, deren Asphalt unter der glühenden Maisonne aufweichte.

Der Markt von Lenin Nagar war zwar nicht besonders groß, gab sich jedoch einen modernen Anstrich. Hier fand man drei bis vier Warenhäuser und einige kleine Lebensmittelgeschäfte, einen „Kaveri Schnellimbiss", der *Dosas, Idlis* und *Vadas* servierte, und zwei Restaurants, die Lehmofengerichte, *Dal makhani, Karahi Panir,* Butter Chicken und Kartoffel-*Parathas* im Menü hatten. Ferner gab es einen Shop für lokal gebrannten Schnaps und andere Spirituosen, in dem ein Schild mit der Aufschrift „Hier ist auch gekühltes Bier erhältlich" hing, zwei Paan- und

Zigarettenbuden sowie zwei Läden mit Schaufenstern, die Plastikwaren sowie Elektro- und Elektronikartikel führten. Und zu guter Letzt war da ein riesengroßes hallenartiges Bekleidungsgeschäft, vor dessen Eingang und hinter Schaufensterscheiben lebensgroße Puppen aus weißem Kunststoff standen, die Netzunterwäsche trugen.

Mohandas erblickte vor dem Lakshmi-Vaishnav-Restaurant einen Tata Sumo der Polizei. Drinnen saß Vijay Tiwari, der Sohn von Pandit Chatradhari Tiwari aus seinem Dorf, der es durch Manipulationen seines Schwiegervaters zum Polizeiinspektor gebracht hatte, zusammen mit einigen Polizisten und trank gerade *Lassi*.

... Und Bisnath war auch dabei.

Bisnath brach plötzlich in schallendes Gelächter aus, leerte sein Glas mit *Lassi* und ging zum Polizei-Jeep. Da fiel sein Blick auf Mohandas. Er zuckte zusammen. Für einen Moment wich alle Farbe aus seinem Gesicht. Das breite Lächeln, das soeben noch seine Lippen umspielt hatte, erstarrte und verflog. Vijay Tiwari bemerkte den Schrecken in Bisnaths Gesicht und wandte sich um. Er saß am Steuer des Wagens, in voller Uniform.

In fünfzehn Metern Entfernung stand neben einem Strommast am Straßenrand Mohandas, zerlumpt und ausgemergelt von den heißen Winden.

Eine angespannte Stille breitete sich aus.

Bisnath stieg in den Wagen ein. Vijay Tiwari startete den Motor und fuhr mit vollem Tempo auf Mohandas zu. Von Angst gepackt sprang Mohandas hinter den Strommast. Vijay Tiwari trat scharf auf die Bremse und brachte den Wagen genau vor Mohandas zum Stehen. Wenn er nicht abgebremst hätte, hätte es Mohandas mitsamt dem Mast erwischt. Mohandas stand unter Schock.

„Komm her!" rief Vijay Tiwari ihm zu. Vor nicht einmal sieben oder acht Jahren hatte genau dieser Vijay Tiwari mit ihm im Mahatma Gandhi Degree College studiert. Sie hatten täglich dieselbe Lehrveranstaltung besucht, aber er war zu faul zum Lernen gewesen. Sein Vater Pandit Chatradhari mahnte immer, dass er sich ein Beispiel an Mohandas nehmen sollte, der jedes Jahr mit Auszeichnung bestand. Nun saß genau dieser Vijay Tiwari in Uniform vor ihm in einem Polizei-Jeep mit Blaulicht und Lautsprecher. Er starrte Mohandas wie einen Fremden an, mehr noch, in seinem Blick lagen blanke Aggression und Wut. Und warum? Weil er arm war und einer niederen Kaste angehörte? Oder weil er ohne Anstellung war und durch harte Arbeit still und friedlich für den Unterhalt seiner Familie sorgte? Oder weil diese Leute ihn betrogen und um sein Recht gebracht hatten und seine Anwesenheit sie nun daran hinderte, ihr Leben unbeschwert zu genießen?

„Der Mast hat den Mistkerl gerettet, ansonsten wäre er schon mausetot!" murmelte Vijay Tiwari leise vor sich hin.

„Ach, lass es bleiben. Wozu eine Fliege töten und sich dabei die Hände schmutzig machen!" sagte Bisnath. „Zeigen wir es ihm auf diese Weise, dann wird er sich nicht mehr hierher trauen, dieser Mistkerl!"

Mohandas hatte sich noch nicht vom Fleck gerührt.

Vijay Tiwari drückte mehrmals fest auf die Hupe. Danach hallte durch den Lautsprecher weit und breit seine Stimme:

„He, du da Bisnath! Warum bist du vor das Auto gesprungen, Bisnath? Hast du den Verstand verloren, Bisnath? He,

Bisnath, warum sagst du nichts? Bist du etwa taub geworden Bisnath? He, Bisnath!"

Im Innern des Wagens brachen alle in schallendes Gelächter aus.

„Hast du deine Frau nicht mitgebracht, Bisnath? Bist du allein zum Sterben hergekommen? Na sag schon!"
Bisnath stieg aus dem Wagen aus und trat dicht an Mohandas heran. Dann holte er einen Fünfhundert-Schein aus seiner Tasche und stopfte ihn in Mohandas' Hemdtasche.

„Hör zu, vergiss deinen alten Namen und wage es nicht noch einmal hierher zu kommen, kapiert? Zu deinem Glück haben wir heute *Lassi* und keinen Alkohol getrunken und obendrein kam noch der Strommast in die Quere, sonst hätten wir dich heute platt gemacht. Wenn du hier noch einmal irgendwo auftauchst, dann werden wir dich im Kohlehochofen zu Schlacke verarbeiten." Nach diesen Worten drehte sich Bisnath um und rief laut in Richtung des Motu Vaishnav Restaurants: „He, Nandkishor, gib dem Bisnath hier ein Glas *Lassi* zu trinken und zwar kalt mit Eiswürfeln drin! Es ist Bisnath aus meinem Nachbarsdorf ...!" Aus dem Inneren des Tata Sumo war ununterbrochen schallendes Gelächter zu hören.

Bisnath selbst musste auch lachen. Er ging zurück zum Wagen und noch während er einstieg, sagte er leise zu Vijay Tiwari:

„Das ist Nandkishor aus Bhakhar. Eigentlich gehört er zur Dhimar-Kaste, aber er führt hier formal als Brahmane dieses vegetarische Speiselokal. Dieser Mistkerl hat doch tatsächlich eine Brahmanentochter der Chaube-Kaste aus Sajanpur geheiratet. Wenn man ihn mit ‚Panditji' anredet, dann schwillt seine Brust vor Stolz."

„Ist doch gut! So wächst unsere Brahmanenfamilie", sagte Vijay Tiwari und sagte lachend zum Gastwirt: „Sei behutsam, wenn du Bisnath *Lassi* zum Trinken gibst, Panditji! Bei ihm ist nämlich im Kopf eine Schraube locker …! Die Rechnung geht an mich."

„Machen Sie sich da überhaupt keine Sorgen! Das ist doch Ehrensache! Die lockere Schraube werde ich schon festdrehen." Der Jeep fuhr davon und ließ Mohandas mit Staub und Abgasen auf dem Gesicht zurück.

Mohandas stand noch immer an derselben Stelle und hielt den Strommast fest umklammert. War das ein Film, für den gerade eine Szene gedreht wurde, in der er selbst eine Rolle spielte? Oder war alles nur ein absonderlicher Traum?

Der Wirt des Motu Vaishnava Restaurants Nandkishor, ein dickbäuchiger Mann mittleren Alters mit hellem Teint und schwarz glänzenden Augen, drückte ihm ein Glas *Lassi* in die Hand und sagte:

„Komm her, Bisnath. So trink doch ein Glas *Lassi*!"

Als Mohandas vom Markt in Lenin Nagar zur Bushaltestelle lief, sah er einen Mann entgegenkommen, der völlig aufgewühlt zu sein schien. Über seiner Schulter hing ein Tragebeutel, die Hose war ausgeblichen und aufgerissen. Sein Hemd muss einmal rot gewesen sein, durch Schmutz und Abnutzung hatte es eine akazienbraune Farbe angenommen. Er blieb vor Mohandas stehen und fragte:

„Hallo Kumpel, wo befindet sich in Lenin Nagar die Wohnung von Suryakant?"

Mohandas fiel ein, dass er bei seiner Suche nach Bisnaths Wohnung ein Schild mit diesem Namen gesehen hatte. Er versuchte, sich daran zu erinnern.

„Biege vorne rechts ab und gehe hundert Meter weiter bis zur Kreuzung. Dort am Matiyani Chauk kannst du dann jemanden fragen. Es muss dort in der Nähe sein."

Als der Mann im Begriff war weiterzugehen, fragte Mohandas ihn leise:

„Wessen Wohnung suchst du?"

„Die von Suryakant! Er stammt aus einem Dorf nahe Unnao."

„Wie heißt sein Dorf?"

„Gadhakola …!"

„Und wie heißt du?"

Der Mann blieb eine Weile still. Seine Lippen zitterten, aus seinen eingesunkenen Augen begannen Tränen zu fließen. Aus seiner trockenen Kehle drang eine schwache tränenerstickte Stimme hervor:

„Suryakant! Suryakant aus Gadhakola!"

Der Mann drehte sich um und schlurfte in Richtung Lenin Nagar.

Dies ist die Geschichte aus einer Zeit, in der die Regierungen jedes Landes auf der Welt die gleiche Wirtschaft und die gleiche Politik unterstützten und in der die Kluft zwischen Arm und Reich bereits so tief und breit geworden war, dass sie nicht einmal mehr hinter gesponserten Reklamewänden verborgen werden konnte.

Einer Zeit, in der jene Kräfte, die noch zu Beginn des zwanzigsten Jahrhunderts auf der Seite der unterdrückten und ausgebeuteten Menschheit gekämpft hatten, nun mit Ränkespielen beschäftigt waren, die dazu dienten, eine Koalitionsregierung zu bilden, um die Benzinpreise zu senken und ihre Herrschaft über die Armen zu errichten …

und einer solchen Zeit, in der ein noch nie da gewesener parteienübergreifender Konsens unter allen Parteien der postindustriellen Demokratien des einundzwanzigsten Jahrhunderts herrschte, alle aufrichtigen Menschen ihres Landes, die ihren Lebensunterhalt allein durch ihre fleißige Arbeit und ihr Talent bestritten, zu unterdrücken und zu beseitigen …! Jede Form der Politik hatte sich längst in ein Machtinstrument zur Drangsalierung, Unterdrückung und ungerechten Behandlung der Menschen verwandelt.

Elf Uhr nachts kam Mohandas zuhause an. Alle warteten auf ihn. Kasturi hatte Reis mit *Dal* und Okra-Mus gekocht. Sie hatte auch einige unreife Mangos zu Chutney zermalmt. Devdas und Sharda waren nach dem Essen eingeschlafen. Kabadas hustete auf dem Bett in der Veranda liegend. „Heute hatte er drei Mal Blut und Fleischklümpchen ausgehustet", sagte Kasturi. Putlibai hatte unter seinem Bett einen Läufer ausgebreitet und war darauf eingeschlafen. Kasturi hatte nichts zu sich genommen. Sie hatte für sich und Mohandas das Essen auf einen Teller zurückgelegt und mit einer Schüssel abgedeckt.

Als Mohandas zum Waschen die Kleider ablegte und sich ein Handtuch umwickelte, erblickte Kasturi auf seinem entblößten Körper die Verletzungen und Schürfwunden. Sie war besorgt. „Was ist passiert? Bist du gestürzt?" Kasturi stand auf, ging zu ihm hin und tastete behutsam seinen Körper ab. „Oh Gott! Die Wunden scheinen von einer Prügelei zu stammen!" Mohandas wusch sich weiter, ohne ein Wort zu sagen. Mit dem kalten Wasser wurde die Erschöpfung des ganzen Tages in den Abfluss gespült. Gleich neben der Ecke zum Geschirrspülen befand sich ein großer Jasminstrauch, der in voller Blüte stand und seinen Duft im ganzen Haus versprühte. Mohandas füllte seine Lungen mit tiefen Zügen und betete eine Weile mit verschlossenen Augen, indem er leise die Namen von *Satguru Kabir* rezitierte.

Als Kasturi die Schüssel vom Teller fortnahm, breitete sich im ganzen Hof der Duft von gekochtem Reis aus. Es war Lohandi-Reis, guter lange gelagerter Reis. Putlibai hatte ihn in einer Ecke des Tonkruges, in dem Getreide aufbewahrt wurde, versteckt und dann dort vergessen. Heute fiel ihr das wieder ein und sie fand mit ihren tastenden Händen das Bündel. Mohandas langte tüchtig zu. Als er das Mango-Chutney von seinen Fingern ableckte, sagte Kasturi: „Der Bisaindhi-Mangobaum trägt unglaublich viele Früchte. Wenn wir die verkaufen, bekommen wir mindestens ein- bis zweitausend Rupien. Soll ich sie morgen verkaufen?"

Satt und zufrieden stieß Mohandas lange auf und sagte: „Du kochst einfach fantastisch, Kasturi. Wenn ich Hunger habe und du mir das Mango-Chutney und den Reis mit deiner Hand servierst, dann ist es das Paradies."

Kasturis Augen füllten sich mit Tränen. Sie wusste, dass Mohandas wieder etwas Schlimmes widerfahren war, nur sprach er darüber wie üblich nicht.

In jener Nacht schlief Kasturi erst spät ein, Mohandas konnte jedoch die ganze Nacht kein Auge zumachen. Er stand immer wieder auf und trank hastig Wasser. In seinem Inneren wütete ein heftiger Sturm voller Staub und Nebel. Mehr noch als ein Sturm, es war ein Orkan der Rastlosigkeit.

Mohandas ging noch ein paar Male zu den Oriental Coal Mines, aber es war vergebens. In Lenin Nagar wurde das Gerücht verbreitet, dass eine verrückte Person alle zwei Wochen dort auftauchte und sich als echter Depotleiter und als echter

Mohandas, BA, ausgab. Wenn man ihn Bisnath nannte, finge er an, wirres Zeug zu reden, und er würde von Wahnattacken heimgesucht.

Mohandas resignierte und ließ davon ab, das Kohlebergwerk aufzusuchen. Er litt Tag und Nacht. Am Sandufer der Kathina starrte er die ganze Nacht stumm in den Himmel. Im Dorf galten die *Kabirpanthi Banshar-Palihas* als niedere Kaste. Ob sie zu den Scheduled Castes oder den Scheduled Tribes zählten, war immer noch nicht amtlich festgelegt. In der Volkszählung vor zehn Jahren wurde diese Kaste lediglich als „Bansor" bzw. „Paliha" tituliert. In den Rubriken Religion und Nationalität firmierten sie als „Hindu" und „indisch". Auch ihre Anzahl war gering. Da keiner von Mohandas' Kastengemeinschaft in einer Partei war oder in der Regierung saß, machte man sich auch hier im Dorf über ihn lustig. Wenn die reichen Angehörigen hoher Kasten ihn sahen, fragten sie ihn: „Na, wann bekommst du endlich den Job, Mohana?" Manch einer gab ihm den Rat: „Kümmere dich doch um den Büffelstall von Vijay Tiwari. Da musst du zumindest nicht hungern. Auch Kasturi wird es gut haben. Da muss sie sich nicht nach einem neuen Sari und Sandalen sehnen." Andere schlugen ihm vor, nach Lenin Nagar zu gehen und Bisnath darum demütig anzuflehen, bei ihm als Haushaltshilfe arbeiten zu dürfen. Mohandas begann, den höhergestellten Bewohnern des Dorfes aus dem Weg zu gehen. Wenn er sie bloß von weitem sah, machte er kehrt.

Es war nicht so, dass die Dorfbewohner kein Mitleid mit ihm gehabt hätten. In Wahrheit waren die meisten um ihn besorgt. Sie wollten ihm auch auf irgendeine Weise helfen. Aber diejenigen, die helfen wollten, hatten selbst mit mannigfaltigen Problemen und Nöten zu kämpfen. Von ihnen hatte niemand Einfluss nach oben. Es waren die Menschen, die mit Schweiß und Tränen lautlos über die Runden zu kommen versuchten.

Einer von diesen Leuten war Ghanshyam. Er gehörte der niederen Kaste der Kurmis an. Mittellos war er aber nicht, er besaß dreißig *Bigha* Ackerland und hatte sich mit Hilfe eines Kredits einen Traktor angeschafft. Er baute allerlei Gemüse an und darüber hinaus vermietete er auch seinen Traktor. Dennoch schaffte er es kaum, die monatliche Rate von siebeneinhalbtausend Rupien aufzubringen. Die Marktpreise für das auf dem Feld geerntete Getreide und andere Erzeugnisse waren zu niedrig. Ein Bauer namens Bisesar aus dem naheliegenden Dorf Balbahra hatte einst von der *Grameen Bank* einen Kredit für den Anbau von Sojabohnen aufgenommen. Um der Schmach durch die Zwangsversteigerung seines Ackers zu entgehen, nahm er sich das Leben, indem er auf die Leitung eines Strommastes stieg. Die Kleinbauern und Feldarbeiter verließen einer nach dem anderen ihre Dörfer und flohen in die Stadt. Auch Ghanshyam selbst war voller Sorge.

An jenem Tag hatte Mohandas leichtes Fieber. Nachdem er den ganzen Tag Worfeln und Körbe geflochten und bis spät in die Nacht die Gemüsebeete bewässert hatte, war er so erschöpft, dass er ohne etwas gegessen zu haben einschlief. Als er morgens aufwachte, war sein Körper erhitzt. Er lag noch auf der Veranda, als plötzlich Ghanshyam auftauchte. Mohandas' Schwager Gopaldas hatte er gleich mitgebracht. Beide teilten Mohandas mit, dass sich herausgestellt habe, dass ein Bekannter von ihnen den Geschäftsführer der Oriental Coal Mines S. K. Singh kenne. Sodann forderten sie ihn auf, sich unverzüglich zu waschen und anzuziehen, damit sie gleich den nächsten Bus dorthin nehmen könnten. Ghanshyam und Gopaldas waren beide voller Enthusiasmus. Sie erklärten ihm, dass sie noch heute dorthin gelangen müssten, da der Geschäftsführer übermorgen für einen Monat in den Urlaub fahren werde. Gopaldas hatte in seinem Beutel für Mohandas eine Hose und ein Hemd zum Anziehen mitgebracht. Er sagte lachend: „Hier, zieh das an! Und wenn du vor den Geschäftsführer trittst, dann lass den Kopf nicht so hängen wie den Hodensack eines alten Ochsen." Da musste Mohandas trotz des Fiebers loslachen.

Es gab keinerlei Probleme, den Geschäftsführer der Oriental Coal Mines S. K. Singh zu treffen. Gopaldas' Hose und Buschhemd erfüllten Mohandas mit neuem Selbstvertrauen. Er erzählte dem Geschäftsführer die ganze Begebenheit: dass er die Aufnahmeprüfung für den Job am 18. August 1997 bestanden hatte und dass sein Name auf der Liste der fünf erfolgreichen Bewerber ganz oben aufgeführt war. Dass er am selben Tag noch all seine Papiere und Urkunden im Büro abgegeben hatte, aber er niemals einen Einstellungsbescheid bekam. Und dass nun ein Bisnath aus dem Dorf Bichiya unter seinem Namen seit fünf Jahren hier als Depotleiter für ein Gehalt von mehr als zehntausend Rupien arbeitete. Ghanshyam hatte Mohandas zuvor eingeschärft, dem Geschäftsführer nichts über den Vorfall an jenem Tag zu erzählen, als er hergekommen war, um seine Papiere zurückzufordern und die Beamten des Einstellungsbüros ihn daraufhin hatten verprügeln lassen. Und auch nichts davon, dass ihn später in Lenin Nagar Polizeiinspektor Vijay Tiwari und Bisnath bedroht hatten. Daher brach er an dieser Stelle ab. Seine Aussage wurde von Ghanshyam und Gopaldas bestätigt.

Geschäftsführer S. K. Singh war für seine Korrektheit bekannt. Pflegte er Umgang mit streitlustigen und betrügerischen Personen, dann nur deshalb, weil er eine Leidenschaft für edlen Whiskey hegte. Ansonsten war er so aufrichtig, dass er weder jemandem schaden noch jemandem Gutes tun konnte.

Wie dem auch sei, nachdem sich der Geschäftsführer alles angehört hatte, beauftragte er den Sozialreferenten der Oriental Coal Mines A. K. Srivastav die ganze Angelegenheit zu untersuchen. Bis nächsten Monat, wenn er aus dem Urlaub zurückgekehrt sei, müsse ihm der Untersuchungsbericht vorliegen. Mohandas war von S. K. Singhs Haltung so ergriffen, dass seine Augen immer wieder feucht wurden. Im Inneren rezitierte er die Namen von *Satguru Kabir* und *Malaiha Mai*.

In der nächsten Woche fand die Untersuchung statt. Der Sozialreferent A. K. Srivastav traf in der Wohnung A/11 von Lenin Nagar ein. Bisnath hatte bereits zuvor davon erfahren. Er war überall gut vernetzt. Seit fünf Jahren lebte er in Lenin Nagar unter dem Namen Mohandas. Daher kannte ihn jeder in der Siedlung nur unter diesem Namen. Wen immer A. K. Srivastav auch fragte, wie denn der Mann aus Wohnung A/11 heiße, er erhielt die Antwort: „Mohandas!" Er selbst kannte diese Person seit vier bis fünf Jahren unter dem Namen Mohandas. Es war Mohandas alias Bisnath, dem er einst ein Darlehen aus dem Arbeiterwohlfahrtsfonds genehmigt hatte. Dann kam noch dazu, dass die Person, die er an jenem Tag im Büro des Geschäftsführers gesehen hatte und die sich als der echte Mohandas ausgab, in ihm Zweifel hervorriefen. Wie konnte eine Person, die so aussah, ein Akademiker sein? Obwohl Mohandas die Kleidung seines Schwagers Gopaldas trug, war sein Gesicht, ja sein gesamtes

Äußeres so sehr von Arbeitslosigkeit, Schufterei und den Entbehrungen vieler Jahre gezeichnet, dass man ihn auf den ersten Blick für krank, wahnsinnig und ungebildet halten konnte. Der Untersuchungsbeamte Srivastav sagte sich immer wieder, dass es durchaus sein konnte, dass der sich als Mohandas ausgebende Depotleiter in Wirklichkeit nicht Mohandas war, sondern jemand anderes. Aber der Mann, der von sich behauptete, der wahre Mohandas zu sein, erweckte nicht im Geringsten den Eindruck, Mohandas zu sein.

Bisnath hatte bestens Vorsorge getroffen. Er bereitete Herrn Srivastav in seiner Wohnung einen herzlichen Empfang. Seine Frau Amita hatte er angewiesen, mit einem Tablett Sherbet ins Wohnzimmer zu kommen, und zwar in einer tief ausgeschnittenen Bluse unter ihrem aufreizend gewickelten Sari, der viel von ihrem Bauch sehen ließ. Sie war zum Markt von Lenin Nagar gegangen und hatte sich im neu eröffneten Shilpa Beauty Parlour das Gesicht pflegen lassen. Als sie das Tablett auf dem Tisch abstellte, Srivastav lächelnd begrüßte und fragte: „Haben Sie denn Sarita-*Didi* nicht mitgebracht, Sir?“, da wurde die Atmosphäre mit einem Male familiär, vertraut und sinnlich. Der Blick des Untersuchungsbeamten blieb immer wieder auf Amitas entblößtem Bauchnabel haften. In jenen Tagen wurden in den Nachrichtensendern diverse Modeschauen aus Delhi und Mumbai gezeigt. Hier aber hatte er ein lebendiges Exemplar eines Models vor sich stehen, nicht in den Nachrichten, sondern in Wirklichkeit.

„Das ist meine Frau, Sir!“, sagte Bisnath, während er ihm das Tablett mit Salzgebäck reichte. „Kasturi!“

„Ist der Name nicht ein bisschen altmodisch?“, fragte der

Untersuchungsbeamte lächelnd und nahm anstelle des angebotenen Salzgebäcks lieber einen Keks vom Teller, der auf dem Tisch stand.

Amita lachte übers ganze Gesicht.

„Die Sache ist die, Sir: Ein Astrologe hatte meinem Vater gesagt, dass ein Mädchen mit dem Sternzeichen Fische auch einen Namen entsprechend ihres Sternzeichens tragen sollte. Das würde Glück bringen. Daher sagte ich mir: ‚Was solls. Dann lege ich mir einen solchen eben noch zu.'"

„Aha. Dann ist Kasturi also ihr astrologischer Name!" Der Untersuchungsbeamte wandte sich nun Amita direkt zu. „Und wie nennt man Sie sonst in der Familie?" Sein Lächeln wurde immer vertraulicher.

Auf Amitas Gesicht breiteten sich indes Sorgenfalten aus. Einen Moment lang blieb sie still. Bisnath erkannte sofort die Situation: „Das gibt es ja nicht! Warum zierst du dich, deinen anderen Namen zu nennen, Kasturi?", sagte Bisnath laut loslachend. „Na gut, dann sage ich es eben. Sir, ihr anderer Name ist Amita. Amita Bhardwaj. Zuhause nannten sie alle so."

Der Untersuchungsbeamte begann zu lachen.

„Wenn Damen keine Scheu zeigen, dann kommt das auch nicht gut an. Zumindest ein bisschen damenhaftes Verhalten sollte man schon beibehalten, habe ich Recht? Na gut, Kasturiji. Ab nun nenne ich Sie nur noch Amitaji. Sie haben doch nichts dagegen?"

„Aber nein, Sir. Ganz und gar nicht!" brach es aus Amita heraus. „Es ist vielmehr so, dass wenn mich jemand Amita nennt, ich das Gefühl habe, dass jemand aus meiner Familie zu mir spricht." Amita seufzte: „In dieser Gegend bin ich noch nicht so heimisch geworden. Die Leute sind hier so zurückgeblieben! Ich langweile mich."

„Es braucht noch Zeit, bis es sich hier weiterentwickelt. Fortschritte gibt es ja bereits. Was gab es hier denn schon vor zwei Jahren?" Srivastav wurde sachlich. „Womit verbringen Sie Ihre Zeit hier in Lenin Nagar?"

„Ach, ich verbringe sie schon irgendwie. Es gibt Kitty Parties. Dann habe ich ein paar Initiativen zugunsten armer Arbeiter gegründet. Soziales Engagement füllt mich aus."

„Sehr gut, sehr gut. Sarita hegt auch eine Leidenschaft für soziale Engagements. Besuchen Sie uns doch und binden Sie auch Sarita in Ihre Aktivitäten mit ein." Srivastav hatte ganz vergessen, weswegen er gekommen war.

Bisnath ging das Herz auf. Es war die richtige Gelegenheit. Er sagte: „Schauen Sie, Sir. Lenin Nagar hier ist eine Siedlung, in der jeder des Nachbarn Feind ist. Keiner erträgt es, die Freude und den Fortschritt des anderen zu sehen. Und nun dieser unnötige Wirbel. Weil man sonst nichts in der Hand hat, ködert man einfach jemanden mit ein paar Geldscheinen und legt Beschwerde ein. Ich weiß, wer hinter dieser Intrige steckt. Das Kastendenken verbreitet sich heutzutage immer mehr. Diese Leute werden uns noch auf der Nase herumtanzen. Ich weiß, wer hinter alledem steckt, aber lassen Sie es bleiben. Die Wahrheit hat nichts zu fürchten. Fahren Sie mit ihren Untersuchungen ganz unvoreingenommen fort."

Der Untersuchungsbeamte holte ein Notizbuch hervor und fragte:

„Wie heißt Ihr Vater?"

„Papa! O Papa! Komm doch mal kurz ins Wohnzimmer!" rief

Bisnath laut und sagte dann lächelnd:

„Wenn das kein Zufall ist! Papa und Mama sind erst gestern hierhergekommen. Sie hatten Pickles und so weiter gemacht, die sie uns bringen wollten. Ein Vorwand, um Sohn und Schwiegertochter zu sehen! Meine Herkunft können Sie direkt von meinen Eltern erfragen!"

„Dann gehe ich besser", sagte Amita, „Wir sind eine ganz traditionell eingestellte Familie." Sie stand auf und ging in das Wohnungsinnere.

Hinter Nagendranath kam auch seine Frau Renuka Devi ins Wohnzimmer. Als der Untersuchungsbeamte Srivastav *Tilak* und *Chandan* auf deren Stirn sah, konnte er nicht anders als selbst vom Sofa aufzustehen und sie zu begrüßen. Mit großer Höflichkeit fragte er: „Können Sie mir beide jeweils Ihren werten Namen mitteilen? Es handelt sich hier nur um eine Formalität, die ich noch zu Ende bringen muss."

Ohne auch nur einen Augenblick zu zögern, antwortete Nagendranath: „Mein Name ist Kabadas." Unter seinem Hemdkragen holte er eine Halskette hervor: „Seitdem ich diese Kette aus *Tulsi* trage, sind die Verse von *Tulsidas* meine ständigen Begleiter. Den Namen ‚*Das*' habe ich mir seitdem zugelegt ... Und das ist meine Frau Putli Devi. Mohandas' Mutter." Renuka Devi nickte zustimmend mit dem Kopf.

Auf diese Weise kam die Untersuchung zu ihrem Ende. Der Sozialreferent der Oriental Coal Mines A. K. Srivastav stellte in seinem Prüfungsbericht fest, dass alle Vorwürfe gegen Mohandas, Sohn von Kabadas, wohnhaft im Dorf Purbanra, Distrikt Anuppur, Madhya Pradesh haltlos seien. Zur Bestätigung legte er dem Bericht beglaubigte Aussagen des Dorfratsvorsitzenden aus

Purbanra Chatradhari Tiwari und dem Distriktratsmitglied Shyamala Prasad bei, die ihm Bisnath selbst gegeben hatte.

Auf Drängen von Bisnath und Amita alias Mohandas und Kasturi legte Srivastav zu Mittag in deren Wohnung eine Rast ein. Am Abend trank er dort zunächst Bier und später Whiskey, genoss ein Abendessen mit einheimischem Hähnchen und als er nachts um elf Uhr in seinem Maruti Zen Abschied nahm, da sprach er Amita immer wieder mit Kasturiji an und bat sie wiederholt darum, seine Frau Sarita in ihre Wohlfahrtsaktivitäten einzubeziehen.

Trotz des Rauschzustands blieb sein Blick an ihrem Nabel hängen, der im Dunkel der Nacht immer riesiger wurde und sein ganzes Bewusstsein einnahm.

Die Geschichte entstammt einer Zeit, als im Punjab der Vorsitzende des Auswahlkomitees der Public Service Commission Millionen und Abermillionen Schmiergelder eingestrichen, im ganzen Bundesstaat Tausende Beamte im Staatsdienst eingestellt und sich dann bei einer Razzia der Bundeskriminalbehörde davongestohlen hatte. … Als einerseits Aktentaschen und Notenbündel durch die strengen Sicherheitskontrollen hindurch in die Häuser von Spitzen-Ministern gelangten, andererseits den einfachen Bürgern Indiens der Zutritt dorthin verwehrt wurde … Als ein Inspector General aus Haryana und ein Kabinettsminister aus Uttar Pradesh wegen des Verdachts unrechtmäßiger Beziehungen zu Frauen beziehungsweise wegen Mordes verhaftet wurden und es sich herausstellte, dass der „Supercop" von Mumbai, der in Polizeigefechten Verbrecher der Unterwelt zur Strecke gebracht hatte, selbst ein Auftragsmörder der Mafia war.

… Einer Zeit, als nachdem man Hindi und Urdu zu „Amtsspra-

chen" der Menschen dieses Subkontinents etabliert hatte, sich Funktionäre der Regierungsparteien selbst als Schriftsteller ausgaben und Komitees schufen, um Premchand, Neruda, Faiz sowie Nazrul und Nirala zu Nationalautoren zu machen.

... Einer Zeit, als ein kranker und verschuldeter Schneider aus Delhi bei dem Versuch sich selbst umzubringen, verhaftet wurde, nachdem er seine beiden Kinder und seine Frau vergiftet hatte, weil er ihren Lebensunterhalt nicht bestreiten konnte. Nun hatte man ihn ins Gefängnis gebracht und strengte gegen ihn einen Prozess wegen Mordes und versuchten Selbstmordes auf der Grundlage der Paragraphen 302 und 309 des Indischen Strafgesetzbuches an.

... Und ...

Nachdem er vom Bericht des Untersuchungskomitees der Oriental Coal Mines erfahren hatte, war Mohandas am Boden zerstört. Ghanshyam und Gopaldas trafen den Geschäftsführer S. K. Singh noch einmal und baten ihn, eine zweite Untersuchung einzuleiten. Er erwiderte jedoch, dass man so etwas nicht wieder und wieder machen könne. Die Person, die die Untersuchung durchgeführt habe, sei sein kompetentester und ehrlichster Beamter. Durch die Anordnung einer nochmaligen Untersuchung könnte der Eindruck entstehen, dass er ihm misstraue, und das wolle er nicht. Später war zu erfahren, dass Bisnath und Amita auch begonnen hatten, den Geschäftsführer zu sich nach Hause nach Lenin Nagar einzuladen und zu bewirten. Zudem hatten sie auch seine Frau in „Wohlfahrtsaktivitäten" und Kitty Parties miteinbezogen.

Im Kohlebergwerk ging auch das Gerücht um, dass Amita den Geschäftsführer S. K. Singh in ihren Bann gezogen habe und dessen Wagen nun des Öfteren vor dem Eingang zur Wohnung Lenin Nagar A/11, dem Heim des Junior Depot Managers Mohandas, zu sehen sei. Es hieß auch, dass Bisnath ihn für sich eingenommen habe. Herr Singh hegte ja bekanntlich eine Leidenschaft für gutes Essen und Trinken sowie für andere Genüsse.

Mohandas war innerlich gebrochen. Er konnte weder richtig essen noch schlafen und sich auf keine Arbeit konzentrieren. Die sonderbarsten Fragen und Zweifel gingen ihm durch den Kopf und beunruhigten ihn zutiefst. Er war sich nicht mehr sicher, ob all die Menschen, die angestellt waren oder höhere Ämter bekleideten, in Autos umherfuhren und das Leben genossen, tatsächlich die Personen waren, für die man sie hielt, oder ob sie durch Täuschung und Betrug die Identität eines anderen angenommen hatten. Gab es in Lenin Nagar überhaupt noch jemanden, dessen Name, Herkunft und Wohnort der Realität entsprachen, oder waren alle Verwandlungskünstler oder Duplikate so wie Bisnath? Mohandas begann, sich selbst in Frage zu stellen. Wer war er denn eigentlich? Mohandas oder Bisnath? War der Bachelor-Abschluss, den er im Mahatma Gandhi Degree College erworben hatte, eigentlich nur zum Nutzen von Bisnath bestimmt? Geschah so etwas mit allen Menschen?

Er suchte zuhause immer wieder in allen Ecken und Winkeln nach alten Postsendungen, die ihm das öffentliche Arbeitsamt geschickt hatte. Wenn er nichts fand, stritt und zankte er sich deswegen mit Kasturi. Schließlich brachte er bei seiner Suche sogar einige Jahre alte Postsendungen zum Vorschein, auf denen sein Name und seine Adresse standen. Wenn er sie im Dorf seinen Bekannten zeigte, schwiegen sie entweder oder rieten ihm, einen Beamten oder Politiker aufzusuchen. Der Zustand, in dem sich Mohandas befand, machte aber ein solches Vorhaben unmöglich. Zudem hatte sogar der Dorfratsvorsitzende Pandit Chatradhari eine beglaubigte Bescheinigung abgegeben, dass Bisnath zweifellos Mohandas aus Purbanra sei. Sein Sohn Vijay Tiwari steckte sowieso schon mit Bisnath unter einer Decke. Er hatte ohnehin ein Auge auf Kasturi geworfen und lauerte wie ein Jäger nur darauf, dass eines Tages ein gebrochener Mohandas ihm zu Füßen fallen und ihn darum anflehen würde, sich um seinen Büffelstall kümmern zu dürfen.

Mohandas hatte beobachtet, dass immer wenn die Regierung Handpumpen für den Dorfrat genehmigte, diese vor den Häusern der höhergestellten Bewohner angebracht wurden. Wenn man Lehrkräfte an den Schulen anstellte, wenn Stellen für Lehrerinnen und Mitarbeiterinnen in Mutter-Kind-Zentren ausgeschrieben wurden, wenn im Rahmen des „Indira-Awaas"-Programms Subventionen für den Hausbau vergeben wurden, wenn Geld aus den Töpfen des Dorfentwicklungsprogramms für die Instandsetzung von Brunnen und Feldern eintraf, wenn im Rahmen des „Nehru-Rozgar"-Programms ein Beschäftigungsprojekt für Arbeitslose mit Schulbildung zustande kam, dann wurde dies alles unter genau denselben Leuten aufgeteilt. Sharda und Devdas berichteten davon, wie selbst bei der Ausgabe des Mittagsbreis in der Schule Diskriminierung stattfand.

An jenem Tag besuchte Mohandas nach vielen Jahren seinen Jugendfreund Biran Baiga in dessen Haus, der dort Mahua-Schnaps brennen und Schweinefleisch zubereiten ließ. Auch sein Schwager Gopaldas war mitgekommen. Die Gruppe von vier bis fünf Leuten begann um sieben Uhr abends zu trinken. Man hatte Handtrommeln und Zimbeln organisiert. An eben jenem Tag hatte Mohandas vom Besitzer des „Vindhyanchal Handicrafts"-Ladens Geld für seine Bambuserzeugnisse erhalten – ganze eintausendzweihundert Rupien. Auch Gopaldas' Tasche war prall mit Geld gefüllt. Obwohl Biran Baiga der Gastgeber war, übernahm Mohandas die gesamten Kosten für Alkohol und Fleisch. Der Mahua-Schnaps, den Biran Baigas Frau und seine Schwester brannten, war so stark, dass er sofort entflammte, wenn man damit kräftig an der Mauer rieb.

Mohandas vergaß in jener Nacht in Gemeinschaft mit seinen Freunden und in aufgeheiterter Stimmung für einige Augenblicke all seinen Kummer. Bihari spielte die Handtrommel, Parmodi die Zimbeln. Mohandas sang im heiteren Rausch:

„Pata daija re, pata laija re … gari vala …
tor nam ke, tor la gaon ke
pata daija …
maya re may aka dagar batabai maya ki athe khabariya
kaya maya dou nach nachabain, maya ki sagri nagariya
pata daija re, pata laija re gari vala …"[2]

„O! Lokführer, gib mir deine Adresse, nimm meine dafür …
sag mir deinen Namen, und den von deinem Dorf,
gib mir die Adresse ...
Die Liebe weist den Weg zur Liebe
Nachrichten kommen alle von der Liebe.
Der Körper und die Liebe lassen uns tanzen,
die ganze Stadt ist voll von Liebe …
O! Lokführer, gib mir deine Adresse, nimm meine dafür …"

---

2 Populäres Volkslied in Chhattisgarhi.

Als Birans Frau das Essen servierte, war es bereits zwei Uhr nachts. Alle hatten Hunger. Birans Schwester hatte das Schweinefleisch in Senföl mit Gewürzen, Knoblauch und Zwiebeln zubereitet. Der Duft des Bratsaftes breitete sich im ganzen Hof aus. Alle Leute stürzten sich mit Fladenbroten in der Hand auf das Essen. Es gab auch einen großen Topf voll Reis. Mohandas war jedoch still. Beim Singen des Liedes hatte er plötzlich das Gefühl verspürt, als ob sich ein Stachel in sein Inneres hineingebohrt hätte. In seiner Brust fühlte er immer wieder einen stechenden Schmerz und um diesen zu unterdrücken und alles zu vergessen, hatte er viel mehr als die anderen getrunken.

Während des Essens ließ er plötzlich von dem Bissen ab, den er in der Hand hielt, und schaute einen nach dem anderen an. Er schluchzte und begann dann bitterlich zu weinen. Gopaldas, Biran, Bihari und Parmodi, die alle furchtbar hungrig waren und schon lange kein so gutes Essen bekommen hatten, waren von Mohandas' Geheule genervt. Sie stopften sich Bissen um Bissen in den Mund und fragten ihn kauend: „Was ist passiert? Warum isst du nicht zuvor etwas?"
Mohandas starrte Biran Baiga an und fragte:

„Wer bist du? Wie lautet dein Name?"

„Mein Name ist Biran. Biran Baiga." Biran musste lachen.

„Und deine Eltern? Wie heißt dein Vater?", fuhr Mohandas fort.

„Mein Vater heißt Dindva Baiga", antwortete Biran lachend. „Dir scheint der Schnaps zu Kopf gestiegen zu sein."

Alle fingen an zu lachen. Mohandas' Augen waren rot. Das Essen, das er in der Hand hielt, warf er auf den Teller zurück und sagte lauthals:

„He Biran, he Parmodi … wer bin ich? Sagt mir die Wahrheit. Verkauft mich nicht für dumm. Schwört bei *Malaiha Mai*!"

„Du bist Mohandas! Dein Vater ist Kaba und deine Mutter Putli!", antwortete Biran energisch, indem er seine vom Essen beschmierte Hand auf Mohandas' Brust drückte. Alle lachten los. Mohandas schaute eine Weile Biran schweigend an und begann dann, einen nach dem anderen anzustarren. Er wollte sichergehen, dass alle auch die echten Personen seien und nicht irgendwelche anderen. Allmählich beschlich ihn das Gefühl, dass hier alle genauso wie er echte Personen waren, die betrogen worden sind. Der Unterschied zu ihnen lag lediglich darin, dass er um dieses Geheimnis wusste, wohingegen sie noch immer keine Ahnung davon hatten.

Mohandas wollte seinen Jugendfreunden darlegen, dass sie sich doch einmal in den öffentlichen Ämtern, in den Hochhäusern und Villen der Stadt, in den Kohleminen und Fabriken sowie in Lenin Nagar, Gandhi Nagar, Ambedkar Nagar, Shastri Nagar und ähnlichen Siedlungen danach erkundigen sollten, ob dort nicht etwa unter ihrem Namen eine andere Person saß, die sie um ihr Recht betrogen hatte. Doch sah er ein, dass wenn er so etwas sagte, sie lediglich erwidern würden, dass er betrunken sei.

Biran, Parmodi, Gopaldas und Bihari waren alle mit dem Essen beschäftigt. Birans Frau Sitiya und seine Schwester Ramoli waren noch hinzugekommen. Auch sie tranken den Mahua-Schnaps und waren in angeheiterter Stimmung. Alle lachten und scherzten, aßen und tranken. Mohandas jedoch saß von allen abgesondert mit einer Flasche in der Ecke und während er schluchzend Verse von *Kabir* sang, trank er immer weiter.

Es war bereits vier Uhr früh, als seine Freunde ihn nach Hause schleppten. Kasturi hatte ihren Mann zum ersten Mal in einem solchen Zustand gesehen. Sie begann, mit Gopaldas und Biran zu schimpfen. Aber als Gopaldas ihr gut eintausend Rupien in die Hand drückte und mit trauriger Stimme sagte, dass er wiederholt versucht habe, Mohandas vom Trinken abzuhalten, er aber nicht auf ihn gehört habe, und dass ihm dieses Geld aus der Tasche gefallen sei, da wurde sie still.

Es war sieben Uhr früh, als Kabadas von einem heftigen Hustenanfall geschüttelt wurde. Als ob in seinem Körper ein Orkan tobte. Das Husten wollte nicht wieder aufhören. In ihrer Aufregung stolperte die blinde Putlibai umher wie eine Kuh, deren Halteseil gerissen war. Ihr Weinen schallte durch die ganze Siedlung. Kasturi wachte auf und versuchte Mohandas zu wecken. Er aber befand sich noch immer im Mahua-Rausch und wollte partout nicht aufstehen. Kasturi holte einen Eimer voll Wasser und goss ihn über Mohandas. Da öffnete Mohandas die Augen. Sie waren blutrot. Sein Rausch war noch immer nicht verflogen. Kasturi schrie ihn an:

„Steh auf, mach schnell! Hol den Arzt! Der Alte hat einen schlimmen Hustenanfall bekommen."

Aus dem Dorf strömten Männer, Frauen und Kinder herbei. Devdas und Sharda standen verängstigt am Bett ihres Opas Kaba. Es schien, als sei Kabas Kehle aufgeplatzt und als würden daraus bei jedem Husten Blut und Fleischklümpchen herausquellen. Auf dem Boden formten sich Kolonnen von Ameisen. Ein Schwarm großer Stechfliegen umkreiste ihn surrend.

Die Leute versuchten Mohandas wachzurütteln. Mit großer Mühe stützte sich Mohandas mit der Hand auf und sah sich mit seinen blutunterlaufenen Augen verdutzt um. Er konnte niemanden erkennen. Sein Blick wanderte unstetig umher. Plötzlich umspielte ein Grinsen seine Lippen, nachdem er unter großer Anstrengung seinen Onkel Ramai erkennen konnte. Mit tränenerstickter Stimme sagte er: „Onkel, wer bin ich? Wie heiße ich, Onkel? Sag es mir Onkel, sag es mir!“ Daraufhin fiel er wieder entkräftet ins Bett.

Da erhob sich unter den Frauen des Dorfes ein lautes Jammern und Klagen. Putlibais Wehgeschrei war am lautesten. Bald schien es so, als ob alle Frauen im Chor weinten.

Kabadas war tot. Unter seinem Bett schwirrten bereits Fliegen um die Bambusstücke und die Sichel herum. Bis tief in die Nacht hinein war er noch damit beschäftigt gewesen, Bambusrohre für Körbe aufzuspalten, denn gestern Mittag hatte er von Vindhyanchal Handicrafts einen Auftrag erhalten, dreißig Körbe und fünfundzwanzig Worfeln herzustellen.

An jenem Morgen gegen halb acht war die Katze über das *Maina*-Vogel-Pärchen in Kasturis Zimmer hergefallen und hatte es aufgefressen. Das Weibchen hatte bereits zwei neue Eier im Bauch. Ausgerissene Federn und Blutflecken waren alles, was von ihnen auf dem Lehmfußboden übrigblieb, den Kasturi gerade einen Tag zuvor mit Kuhdung verputzt hatte.

An jenem Tag bekam Mohandas überhaupt nicht mit, wie sein Vater Kabadas bestattet wurde, wie die Dorfbewohner seiner Kaste ihn, der noch seinen Rausch ausschlief, in der Veranda zurückließen und Kabas Leichnam zum Kremationsplatz brachten, wie Mutter Putlibai wieder und wieder mit ihrem Kopf gegen Kabas Bett schlug und weinte, während sie von den Bambusrohren, Körben und Matten sowie vom Wassergefäß und von der Sichel sein Blut abwusch, wie der kleine Devdas anstelle seines Vaters den Scheiterhaufen seines Opas anzündete und wie Mohandas' Jugendfreund Biran Baiga den Schädel des Leichnams aufbrach. Nichts von alledem bekam er mit. Der Priester nötigte Kasturi fünfhundert Rupien ab, der Forstwächter ebensoviel. Ansonsten hätte er sie nicht das trockene Holz aus dem Dickicht für den Scheiterhaufen aufklauben lassen. All das Geld, das Kasturi von Gopaldas bekommen hatte, wurde so wieder ausgegeben.

Mohandas schnarchte ununterbrochen. Ein paar Mal öffnete er die Augen und blickte so um sich, als ob er an einem unbekannten Ort gelandet sei, und schlief daraufhin wieder ein. Lag es an seiner Müdigkeit oder hatte man den Mahua-Schnaps vielleicht mit Harnstoff oder mit Blättern der Prunkwinde und dem Wandelröschen versetzt? Oder war das Schweinefleisch womöglich verdorben? Doch wenn dies der Fall gewesen wäre, hätten Biran, Parmodi, Bihari, Sitiya und Ramoli, die gemeinsam mit ihm in jener Nacht gegessen und getrunken hatten, in der gleichen Verfassung wie er sein müssen. Sie alle hatten jedoch keine Beschwerden. Vielmehr waren sie es, die sich nach dem Tod von Kaba um all die Erledigungen rund um die Bestattung kümmerten, angefangen vom Sammeln des Holzes bis hin zur Abholung des Priesters aus dem Dorf Khanra. Mohandas' Rausch war also kein gewöhnlicher. „Der Mahua-Schnaps ist ihm zu sehr in den Kopf gestiegen. Rührt Joghurt mit Kreuzkümmel und Ajowan an und flößt ihm diesen ein", riet Biran Baigi.

Kasturi bereitete in einer Schale ein Gemisch aus Kreuzkümmel und Ajowan zu und begab sich zu Mohandas. Gopaldas hielt Mohandas' Kopf in seinem Schoß und begann seinen Mund zu öffnen. Da schlug er die Augen auf und blickte

Kasturi und Gopaldas an, als würde er sie gar nicht kennen. Mit schwacher, krächzender Stimme fragte er Kasturi:

„Wer bist du, Frau? Und wer bin ich? Sage es mir!“ Danach lächelte er Kasturi an und begann mit melodiöser Stimme zu singen:

„Tain bilaspurhin hat,
main hon raigarhiya,
tor-mor jori, saje he bahut barhiya …“

„Du bist ein Mädchen aus Bilaspur,
und ich ein Bursche aus Raigarh,
geben wir nicht ein tolles Paar ab …“

Kasturi hielt es nicht mehr aus. Sie fing heftig an zu schluchzen. Auch Sharda musste beim Anblick ihres Vaters weinen. Gopaldas riss sich zusammen, nahm Kasturi die Schale ab und sagte zu Mohandas: „Hier trink die Medizin!“

Mohandas sah Gopaldas eine Weile mit eindringlichem Blick an, dann setzte er wie ein Kind die Schale an den Mund und trank alles in einem Zuge aus. Vielleicht gab es irgendwo in seinem Bewusstsein noch den Willen, wieder zu sich selbst zu finden. Kasturi und Gopaldas waren erleichtert. Hoffentlich wirkte das Heilmittel, ansonsten müsste man den Arzt rufen.

Mohandas schlief wieder ein.

Fünf Tage und vier Nächte schlief Mohandas ununterbrochen auf derselben Stelle der Veranda seines Hauses. Im Dorf ging das Gerücht um, dass Mohandas geistig verwirrt sei und niemanden mehr erkenne, nicht einmal seine Frau Kasturi und seine Kinder. Einer sagte, dass dies durch das Panschen des Mahua-Schnapses mit Harnstoff passiert sei, ein anderer wiederum meinte, dass er bei seinem Besuch in Lenin Nagar, der Wohnsiedlung der Oriental Coal Mines, einen Hitzschlag erlitten habe und gestürzt sei, woraufhin er sein Gedächtnis verloren habe. Vijay Tiwari verbreitete das Gerücht, dass sein gescheckter Hund ihn irrtümlich gebissen habe: „Wartet ab, bis es regnet, dann wird er wie ein Hund bellen." Ein jeder hatte seine eigene Version der Geschichte. Vor den größten Schwierigkeiten standen aber Devdas und Sharda. Wenn sie zur Schule gingen, fragten sie der Lehrer und die Kinder: „Ist denn euer Vater verrückt geworden? Erkennt er selbst euch nicht mehr? Schläft er immer nur? Wenn dem so ist, wie putzt er dann seine Zähne und wann geht er zur Toilette?"

Es ging sogar das Gerücht um, dass Mohandas eines Nachts plötzlich aufgestanden und mit der Axt seines Vaters Kabadas herumgelaufen war, um all seine Familienangehörigen umzubringen. Doch Kasturi klammerte sich an ihn und die blinde Putlibai band ihn mit einem Seil fest. Wer weiß, was sonst geschehen wäre.

All dies ereignete sich genau in der Zeit, als die „India Shining"-Kampagne im Gange war und der Finanzminister als auch die Weltbank geltend prognostizierten, dass Indien, sofern seine seit 1990 bei 5,8 Prozent liegende Wirtschaftswachstumsrate noch einmal so viele Jahre beibehalten werden könne, sich bald zu einem neuen Amerika entwickeln würde, schließlich hatte es Amerika bei einer nur halb so hohen Wirtschaftswachstumsrate innerhalb von fünfzig Jahren geschafft zu dem zu werden, was es jetzt war.

... dies geschah in jener Zeit, als ich an Knochentuberkulose erkrankt war und bereits zwei meiner Wirbel befallen waren. Als ich für neun Monate ans Bett gefesselt war und in Gandhara religiöse Eiferer den lächelnden Kopf des in die Felsen von Bamiyan gemeißelten Buddhas mit Dynamit und Raketen zerstörten.

... dies geschah in jener Zeit, als in Delhi durch den Schweiß armer Arbeiter vier Jahre lang neunzehntausend Tonnen Stahl und vierhundertsiebenundfünfzigtausend Kubikmeter Erdreich bewegt wurden, um Asiens größtes und der Welt teuerstes und modernstes Metroliniensystem zu errichten ... Als für die Errichtung von dreitausendfünfhundert Staudämmen Haus und Hof, Gärten und Felder von mehr als fünfzig Millionen Adivasis und Dalits vom Wasser überflutet wurden! ... Als zweihundert Millionen Menschen dieses Landes nicht einmal Zugang zu Trinkwasser hatten ... Als sechshundert Millionen Menschen dieses Landes über keine Waschgelegenheit und kein Klo verfügten ...

... dies geschah in jener Zeit, als linksgerichtete Koalitionsparteien der Regierung in Delhi ein Spektakel veranstalteten, um eine Erhöhung der Benzinpreise nicht zuzulassen, während neunzig Prozent der Gesamtbevölkerung Indiens, also etwa neunhundertzwanzig Millionen Menschen, überhaupt nichts mit Benzin zu schaffen hatten.

... dies geschah in jener Zeit, als in Rajasthan die Polizei auf arme Bauern in Ganganagar und Tonk geschossen und dabei ein Dutzend getötet hatte, weil sie ihrer Forderung nach Wasser für ihre verdorrende Ernte durch Steinewerfen Nachdruck verliehen.

... dies geschah in jener Zeit, als Abdul Karim Telgi vorgestempelte Amtspapiere im Werte von mehreren Milliarden Rupien verkauft hatte und einige hohe Beamte und Politiker des Landes in diesen Skandal verwickelt waren! ... Dies geschah in jener Zeit, als ein betagter Hin-

di-Literaturkritiker einen Beamten zum neuen Muktibodh erklärte und ein anderer durchtriebener Kritiker seinerseits einen Bürokraten zum neuen Premchand und Phanishwarnath Renu hochstilisierte … dies geschah in jener Zeit, als in Pokharan eine Bombe gezündet wurde und nach dem Kargil-Konflikt die Sadbhavna-Busverbindung in Betrieb genommen wurde.

… dies geschah in jener Zeit, als das Wasser des Kathina-Flusses von Purbanra für eine Papierfabrik zum Aufweichen von Holz angestaut wurde und dabei der gesamte Teil des Ufers überspült wurde, wo Mohandas Beete anzulegen und Wassermelonen, Kakris, Zuckermelonen, Flaschenkürbisse anzubauen pflegte … und wo eines Nachts Mohandas unter „Hu … tu … tu … tu"-Rufen Kasturi in der Strömung des Kathina-Flusses an sich gezogen und geliebt hatte, woraus als Erinnerung an die leidenschaftliche Vereinigung im blassen Schein der Sterne genau neun Monate später Tochter Sharda geboren worden war …

In Wirklichkeit jedoch war Mohandas weder wahnsinnig noch hatte er Gedächtnislücken. Die Verletzungen, die seine Seele erlitten hatten, wurden während seines fast eine Woche andauernden Schlafes geheilt. Als er aufwachte, war er wieder der alte Mohandas, der genau wusste, dass der echte Mohandas, Sohn von Kabadas, Einwohner von Purbanra, Distrikt Anuppur, Madhya Pradesh, derjenige war, der vor acht bis zehn Jahren im öffentlichen M. G. College seinen Bachelor-Abschluss mit Auszeichnung gemacht hatte und der Zweitbeste seines Jahrgangs war. Der wahre Mohandas war derjenige, der keine Anstellung bekam, weil er kein Geld für Empfehlungen, Kontakte, Tricksereien und Bestechungen hatte. Der kein Mitglied einer Gang oder einer mafiösen Verbindung war, weil er nicht den Kasten und Klassen angehörte, die über Macht verfügten. Ihm war klar, dass er wie unzählige andere seit mehreren Jahren betrogen wurde, aber in keiner Weise in der Lage war, dagegen etwas auszurichten.

Mohandas wusste zudem Bescheid, dass Bisnath aus dem Dorf Bichiya, Sohn von Nagendranath, der in Lenin Nagar als Mohandas Vishwakarma, Sohn von Kabadas, für seine Anstellung als Junior Depot Manager in den Oriental Coal Mines mehr als zehntausend Rupien Gehalt bekam, auf gar keinen Fall Mohandas war. Er war ein Schurke, ein eingefleischter Verfechter des Kastenwesens, ein Betrüger, dessen Macht so groß war, dass Mohandas sich ihm gegenüber wie eine hilflose, kranke Maus vorkam.

Mohandas wusste, dass sein Vater, das heißt der wahre Kabadas, der an Tuberkulose gelitten und der unter Hustenanfällen Körbe, Worfeln und Matten aus Bambus hergestellt hatte, bereits gestorben war. Dies zu beweisen stand jedoch nicht in seiner Macht, da Bisnaths Vater Nagendranath als vorgeblicher Kabadas noch immer im Dorf Bichiya und in Lenin Nagar weilte und auch über Dokumente verfügte, die dies belegen konnten.

Mohandas verstummte. Es kam nur noch selten vor, dass er sprach. Durch den Bau eines Staudamms am Kathina-Fluss wurde er einer weiteren Möglichkeit beraubt, seinen Lebensunterhalt zu bestreiten. Deshalb brachte er sich in Imrans „Star Computer Centre" bei, wie man tippt, ausdruckt und fotokopiert. Sein Sohn Devdas hatte in der am Straßenrand gelegenen Durga Auto-Werkstatt Hilfsarbeiten wie das Flicken von löchrigen Reifen oder Schraubendrehen übernommen. Im Monat verdiente er ein- bis zweihundert Rupien und kam selbst für seine Schulkosten auf. Sharda hatte vor zwei Jahren aufgehört, sich im Dorf Bichiya um Bisnaths Kind zu kümmern und anderen Haushaltstätigkeiten nachzugehen, da Renuka Devi mit ihrem Mann Bisnath nach Lenin Nagar gezogen war. Im vergangenen Jahr bekam Sharda einen Job im „Aishwarya Beauty Parlour". Die Inhaberin Shikha mochte sie sehr gern und half ihr auch weiterhin die Schule zu besuchen. Sie sagte: „Sharda, eines Tages werde ich aus dir ein Top-Model machen, dann wirst du zur künftigen Miss World gekürt und kommst ins Fernsehen!" Die achtjährige Sharda begann tatsächlich nachts davon zu träumen.

Kasturi übernahm neben Feldarbeiten im Dorf auch noch die Beaufsichtigung der Ernte. Nach dem Tod von Kabadas waren Putlibais beide Knie so steif geworden, dass sie kaum gehen konnte. Um die Notdurft zu verrichten, schleppte sie sich irgendwie in eine Ecke des Hinterhofs und kehrte dann zu ihrem Platz auf der Terrasse zurück, wo sie sich auf ihre ausgebreitete Grasmatte hinsetzte. Die Dunkelheit vor ihren Augen hatte sich weiter verdichtet.

Es war im „Star Computer Centre", wo Mohandas die Bekanntschaft von Harshvarddhan Soni machte. Harshvarddhan war dorthin gekommen, um einige Gerichtspapiere kopieren und etwas abtippen zu lassen. Mittlerweile hatte Mohandas eine beachtliche Tippgeschwindigkeit erreicht und machte kaum noch Fehler. Dort erzählte Mohandas selbst Harshvarddhan seine ganze Geschichte.

Harshvarddhan Soni gehörte jener Partei an, in der ich in der zweiten Hälfte des zwanzigsten Jahrhunderts knapp zwanzig Jahre meines Lebens aktiv war. Auch sein Leben war geprägt von allerlei Schwierigkeiten und Kämpfen sowie Höhen und Tiefen. Harshvarddhan war von Anfang an feinfühlig und freidenkend. Sein älterer Bruder Srivarddhan Soni hatte die Bachelor-Prüfungen als Bester seines Jahrgangs bestanden und verfügte über einen Ingenieursabschluss. Trotzdem zog sich seine Arbeitslosigkeit sechs Jahre lang hin. Verzweifelt über seine Lage band er sich vor fünf Jahren eines Nachts einen Strick um den Hals und erhängte sich in seinem Zimmer am Deckenventilator. Harshvarddhan Soni, dessen betagter Vater einen kleinen Laden im Basar führte und dessen Mutter als Lehrerin in einer Mittelschule arbeitete, hatte der Selbstmord seines Bruders so bewegt, dass dieses tragische Ereignis ihn bereits während seines Studiums dazu trieb, sich in der Studentenbewegung zu engagieren. Er heiratete eine Frau aus einer anderen Kaste, wofür er zur Strafe aus seiner Kaste verstoßen wurde.

Harshvarddhan Soni hatte seinen Bachelor in Jura gemacht und bestritt seinen Lebensunterhalt, indem er neben seinen Parteiaktivitäten im örtlichen Gericht als Anwalt arbeitete. Als er an jenem Tag im „Star Computer Centre" Mohandas' Geschichte hörte, die eigentlich keine Geschichte war, sondern ein Tatsachenbericht, beschloss er, diesen Fall vor das Gericht zu bringen. „Wie viel Geld hast du zurzeit?", fragte Harshvarddhan, während er seine ausgeblichene, zerschlissene und mit Flicken versehene Hose betrachtete, und fuhr fort: „Ich werde deinen Fall übernehmen und dir zu deinem Recht verhelfen."

Mohandas' Augen fingen an zu glänzen. Sein ausgemergelter Körper bebte ein, zwei Male. Für einen Augenblick konnte er es nicht glauben, dass jemand tatsächlich bereit war, ihn auf diese Weise zu unterstützen. Er sagte: „Ich habe zurzeit achtzig Rupien. In ein, zwei Tagen werde ich noch weitere vierzig auftreiben. Von Imran bekomme ich auch noch einen Vorschuss von einhundert bis zweihundert Rupien."

Harshvarddhan begriff, dass Mohandas höchstens vier- bis fünfhundert Rupien im Monat beschaffen könne, während doch die Gesamtkosten, um den Fall überhaupt vor das Gericht zu bringen zu können, beinahe fünftausend Rupien betrugen. Die sukzessive von allen Regierungen betriebene Wirtschaftspolitik, die die Metropolen des Landes in kleine Amerikas verwandelte, ließ die Dörfer und rückständigen Regionen des Landes so weit verarmen, dass dort unzählige Äthiopiens, Ruandas und Ghanas entstanden. Während in Großstädten wie Delhi und Lucknow, Mumbai und Bhopal, Kolkata und Patna Professoren aller politischen Parteien und Ideologien monatlich ein Salär von vierzig- bis fünfzigtausend Rupien erhielten, ja selbst die unbedeutendsten freischaffenden Journalisten für einen zweiseitigen Bericht mit fünfhundert bis eintausend Rupien rechnen konnten, brauchten dagegen in den Dörfern und Kleinstädten hart arbeitende Menschen wie Mohandas einen ganzen Monat, um vierhundert Rupien zusammenzukratzen.

Harshvarddhan begriff, dass wenn er Mohandas im Gericht zu seinem Recht verhelfen wollte, er dieses Geld selbst auftreiben musste. Eintausend Rupien zahlte er aus eigener Tasche, zweitausend lieh er sich von Freunden und das restliche Geld bekam er als Spende vom Wohltätigkeitsfond des Lions Club. Kurzum: Er hatte das Geld beisammen.

Endlich kam nach einer langen Prozedur Mohandas' Fall vor Gericht. Den Prozess leitete der Strafrichter Gajanan Madhav Muktibodh, der anstatt Zigaretten *Bidis* rauchte und spindeldürr war, dessen Wangenknochen spitz hervortraten und dessen Stirn über und über mit Falten bedeckt war.

Mohandas, Sohn von Kabadas, zur Vishwakarma-Kaste gehörig, wohnhaft in Sakin Purbanra, Distrikt Anuppur, Madhya Pradesh gegen Vishwanath alias Bisnath, Sohn von Nagendranath, zur Brahmanen-Kaste gehörig, aus Sakin Bichiyatola, derzeit wohnhaft in A/11 Lenin Nagar, Oriental Coal Mines, Distrikt Durg, Chhattisgarh.

Mit Aufnahme des Gerichtsverfahrens wurden der Geschäftsführer und der Sozialreferent der Oriental Coal Mines, S. K. Singh und A. K. Srivastav sowie eine Reihe weiterer leitender Angestellter vorgeladen. Sie mussten vor Gericht beweisen, wieso und warum der in ihrem Unternehmen seit mehreren Jahren beschäftigte Junior Depot Manager Mohandas Vishwakarma in Wirklichkeit nicht der aus Bichiyatola stammende Vishwanath, Sohn von Nagendranath, war.

Der Strafrichter Gajanan Madhav Muktibodh wies die für die Distrikte Anuppur und Durg zuständigen Richter an, in diesem Fall eine offizielle Untersuchung einzuleiten und innerhalb von zwei Wochen dem Gericht den Untersuchungsbericht vorzulegen.

Diese Anordnung des *Bidi* rauchenden Strafrichters Gajanan Madhav Muktibodh und die Ladungen vor Gericht sorgten in den Oriental Coal Mines für große Aufregung. Die lokalen Zeitungen druckten die Nachricht:

„Wer ist der echte Mohandas?“

Die lokalen Korrespondenten der Nachrichtenkanäle „NDTV“

und „Aaj tak“, Anil Yadav und Khalid Rashid schickten Filmausschnitte zu diesem Fall nach Delhi und Bhopal, aber da die Nachrichten nicht von nationaler oder landesweiter Bedeutung waren, insofern keine Politiker oder hohen Beamten aus Delhi, Bhopal und Lucknow darin vorkamen, wurden diese Beiträge weder als Landes- noch als Regionalnachrichten gesendet.

Dies ist ein Bericht aus jener Zeit, als Vidhu Vinod Chopra mit seinem Film „Munna Bhai M.B.B.S“ einen Superhit an den Kinokassen landete. George Bush und Tony Blair beide wiedergewählt wurden und in ihren Ländern nochmals an die Macht kamen. Saddam Hussein mit runzligem Gesicht und mit einem Bart, der ihn wie ein Bettelmönch oder Fakir erscheinen ließ, im amerikanischen Gefängnis Gedichte zu schreiben begann. Und beim ehemaligen indischen Premierminister Vishwanath Pratap Singh, der die Empfehlungen der Mandal-Kommission verabschiedet hatte, Krebs festgestellt wurde. Weil seine Nieren versagten, musste er – so wie JP Narayan – zur Dialyse und malte zurückgezogen in einem Winkel von Delhi auf Leinwänden Bilder.

Dies war eine Zeit, als der Distriktsvorsteher von Patna Gelder des Fluthilfefonds in Höhe von mehreren Millionen Rupien unterschlagen hatte und sich aus dem Staub machte und als die neue Regierung den alten Direktor aus der Filmzensurbehörde entfernte und durch einen anderen ersetzte, der jedoch nicht imstande war, zu unterbinden, dass im Fernsehen Aufnahmen gesendet wurden, wie ein Filmschauspieler adeliger Herkunft außerhalb der Drehzeiten aus seinem Geländewagen Maruti Gypsi unter Naturschutz stehende Hirschziegenantilopen und zwei Hasen erlegte und wie unter Suchscheinwerfern seine Gewehre konfisziert wurden.

Dies war eine Zeit, als bereits seit fünfzehn Jahren alle freien Pos-

ten im Zusammenhang mit der Hindi-Sprache in aller Öffentlichkeit durch Schwäger, Söhne, Töchter, Schwiegerväter, Lakaien und Bedienstete der Mitglieder des entsprechenden Auswahlkomitees besetzt wurden, ohne dass jemals eine Untersuchung durch die Bundeskriminalbehörde durchgeführt, noch eine Anfrage in den Kammern des Parlaments gestellt wurde.

Dies war eine Zeit, als unter jedweder Regierungspartei das Bildungsministerium längst zu einer Fabrik der Korruption im öffentlichen Sektor verkommen war, die sogenannte Wissenschaftler, Pädagogen, Soziologen, Literaten, Intellektuelle, Historiker, Künstler und Lehrer hervorbrachte … und als in den Bildungseinrichtungen politische Kämpfe darum geführt wurden, Geschichtstexte und Schulbücher immer wieder um- und umzuschreiben, um die Hirne der Kinder zu erobern …

Dies war eine Zeit, als Indien auf dem Internationalen Korruptionsindex Rang siebzehn, unter den Atomwaffen herstellenden Ländern den sechsten Platz einnahm, von der Bevölkerungszahl her an zweiter Stelle lag und hinsichtlich seiner furchtbaren Armut sogar noch vor Bangladesch rangierte.

Harshvarddhan Soni und Mohandas waren beide zuversichtlich, dass im Gericht des Strafrichters Gajanan Madhav Muktibodh die Wahrheit ans Licht kommen würde. Dafür waren zwei Gründe ausschlaggebend. Zum einen rauchte der Strafrichter *Bidis,* trank starken Chai an einem gewöhnlichen Teestand und er ließ sich nicht durch Schmiergeld oder andere Verlockungen korrumpieren.

Zum anderen lag die Wahrheit auf Mohandas' Seite, da ja er der echte Mohandas, BA, war.

„Lügen haben kurze Beine! Wie das Morgenlicht bringt die Wahrheit alle Dinge klar zum Vorschein. Gelobt sei *Malaiha Mai*! Möge *Satguru Kabir* uns weiter gnädig sein!" In Kasturis verwelktem Leben keimte die Hoffnung wie ein junger grüner Spross auf. Die Dunkelheit vor Putlibais Augen hatte sich zwar nach Kabas Verscheiden vertieft, aber nun saß sie in der Ecke der Veranda auf der Matte wie ein alter, federnlassender Milan und lauschte mit gespitzten Ohren, was in den inneren Wohnräumen gesprochen wurde.

Und eines Tages am frühen Morgen, als Mohandas gerade ein übriggebliebenes Kartoffelgemüsegericht mit Reis aß, um danach zur Gerichtsverhandlung aufzubrechen, ertönte plötzlich im Hof die verzückte Stimme von Putlibai. Als ob aus ihrer Kehle ein glückliches Vöglein zwitschern würde:

„Oh Schwiegertochter! Oh Devdas! Schaut doch mal in das Zimmer hinein. Es scheint, dass der Alopi-Star ein neues Nest gebaut hat. Kommt schnell herbei, kommt schnell herbei!"

Mohandas war damit beschäftigt, schnell alles aufzuessen, damit er vor der Zeit zum Gericht gelangen konnte. Die Leute erzählten nämlich, dass der *Bidi* rauchende Richter großen Wert auf Pünktlichkeit lege. Wenn jemand sich auch nur um fünf Minuten verspätete, würde er diese Verhandlung auf den nächsten Tag verschieben und sich gleich dem nächsten Verfahren widmen.

Als sich Mohandas mit einem Frühstück aus Reis und Gemüse für den gesamten Tag gestärkt hatte und er gerade aufbrechen wollte, da sang seine Mutter Putli wie ein altes, blindes Vöglein lauthals und entzückt:

„Chola tar jai Rama … tan tar jai Rama,

Sat Guru sakhi la … chola tar jai …
Chola tar jai"

„Möge mein Leib erlöst werden, o *Rama* …
Möge mein Körper erlöst werden, o *Rama* …
Mit dem Segen des *Satguru* …
Möge mein Leib erlöst werden.
Möge mein Leib erlöst werden."

Der Geschäftsführer der Oriental Coal Mines S. K. Singh erschien nicht selbst vor Gericht, er wurde von seinem Anwalt vertreten. Der Sozialreferent der Kohleminen A. K. Srivastav legte die kompletten Akten seiner Untersuchung und alle dazugehörigen Dokumente zur Durchsicht auf den Tisch des Strafrichters Gajanan Madhav Muktibodh. Harshvarddhan Soni stand das Entsetzen ins Gesicht geschrieben, da von den drei Zeugen aus Bichiyatola, die hätten aussagen sollen, dass sie den Mann namens Mohandas, welcher seit den letzten Jahren als Junior Depot Manager in den Oriental Coal Mines arbeitete, seit Kindheit sehr gut kannten und er nicht Mohandas, sondern Bisnath war, zwei Personen nicht vor Gericht erschienen. Und der dritte Zeuge aus Bichiyatola, Dinesh Kumar Sahu, machte eine Kehrtwende und bestätigte im vollen Gerichtssaal, dass niemand anderer als Bisnath Mohandas war. Mehr noch, er zeigte mit dem Finger auf Harshvarddhan Soni und Mohandas und behauptete sogar, dass die beiden vor einem Monat zu ihm nach Hause gekommen seien und ihm fünftausend Rupien angeboten hätten, wenn er deren vorgefertigte Aussage vor Gericht vortragen würde.

Der Strafrichter Gajanan Madhav Muktibodh beraumte die nächste Anhörung einen Monat später an. Harshvarddhan und Mohandas standen beide unter Schock.

Nun waren alle Hoffnungen auf den Untersuchungsbericht der Distriktrichter gerichtet. Mohandas würde nur dann zu seinem Recht kommen können, wenn die Wahrheit ans Licht käme.

Als in der folgenden Verhandlung der Untersuchungsbericht der Distriktrichter der beiden Distrikte Durg und Anuppur vorgetragen wurde, verschlug es Harshvarddhan und Mohandas die Sprache. Im Untersuchungsbericht war man zu dem Schluss gekommen, dass alle Vorwürfe, die gegen Mohandas, Sohn von Kabadas, Junior Depot Manager der Oriental Coal Mines, in Bezug auf Namen und Identität erhoben worden waren, haltlos seien. Durch Dokumente, Zeugenaussagen und Belege als auch durch die Befragung mehrerer Dorfbewohner und Mitglieder des Dorfrates habe es sich zweifelsfrei, dass Mohandas Mohandas sei und nicht Vishwanath alias Bisnath.

Später erfuhr man, dass Bisnath dieses Mal die beiden zuständigen Katasterbeamten der Distrikte Durg und Anuppur mit jeweils zehntausend Rupien sowie Whiskey und Hähnchen geschmiert hatte. Vijay Tiwari höchstpersönlich hatte Bisnath im Polizeiwagen zu den Katasterbeamten gefahren, damit er sie bestechen konnte. Die Untersuchung eines Collectors, auch Distriktrichter oder District Magistrate genannt, war nach dem bestehenden Verwaltungssystem im Grunde eine Untersuchung des Katasterbeamten, der für den entsprechenden Unterdistrikt oder die Gemeinde zuständig war, und lief für gewöhnlich folgendermaßen ab: Wenn das Gericht einen Collector anwies, eine Untersuchung einzuleiten, reichte dieser die Anweisung mit einem Vermerk an seinen Vertreter für die zuständige Region, den Sub-Divisional Magistrate, weiter. Dieser schickte sie an den Tehsildar, der sie wiederum dem stellvertretenden Tehsildar übergab. Auf diese Weise landete die Anweisung über den Revenue Inspector schließlich beim Patwari, dem Katasterbeamten. Das bedeutete, dass letzten Endes der Patwari als Auge, Nase und Ohr des Collectors agierte.

Als in jener Nacht Bisnath und Vijay Tiwari dem Patwari von Bichiyatola und Purbanra, Kamal Kishor, ein Bündel von zehntausend Rupien in die Hand drückten, ihm eine Flasche Whiskey der Marke McDowell's No. 1 gaben und ihn dazu noch mit Butter Chicken und Mutton Seekh Kebab bewirteten, da fiel der Patwari Kishor Kumar ihnen zu Füßen:

„Wie könnte ich nur eure Anweisung missachten? Mit einer solchen Summe würde ich, verdammt noch mal, aus einer Maus einen Elefanten, aus einem Acker eine Straße und aus einer Schwuchtel eine Mutter von sechs Kindern machen." In einem Freudentaumel stopfte der Patwari Kamal Kishor die Scheine in seine Tasche. Das mit McDowell's No. 1 gefüllte Glas leerte er mit einem Schluck und bearbeitete den Fall sogleich an Ort und Stelle in Anwesenheit der beiden. Innerhalb von fünfzehn Minuten wurde der Bericht über die Untersuchung des Falles Mohandas gegen Vishwanath alias Bisnath, welche offiziell vom Distriktrichter ausgeführt werden sollte, auf einem Blatt weißen Behördenpapiers fertiggestellt.

Mit anderen Worten: Das vom Rost zerfressene Stahlskelett der Bürokratie, welche von den Briten seinerzeit zur Herrschaft über die Kolonie Indien errichtet worden war, erklärte nun sechzig Jahre nach der Unabhängigkeit auf einem behördlichen

Dokument Vishwanath, Sohn von Nagendranath, zu Mohandas, Sohn von Kabadas.

Mohandas war wieder am Boden zerstört. Er rezitierte unentwegt die Hymnen von *Kabir*. Stundenlang saß er am Eingang des *Malaiha-Mai*-Schreins. *Malaiha Mai* nahm nur Sahne als Opferspeise an, und auch nur die von Ziegenmilch. Die Menschen höherer Kasten besuchten diesen Schrein nicht. *Thakurs, Baniyas,* Brahmanen und *Lalas* verehrten andere Göttinnen und Götter. Die Puja für *Malaiha Mai* führte kein Brahmane, sondern ein Gosain durch. Man sagte, dass die Gosains einst Brahmanen waren, die deshalb aus ihrer Kaste verstoßen worden waren, weil sie mit *Dalits* und *Adivasis* ihr Essen teilten und ihre Kinder verheirateten.

Mohandas begab sich in das Dorf Khanra und rief den Gosain Siunarayan herbei. Er gab ihm zwanzig Rupien und eine Mischung aus Hülsenfrüchten, Reis, Salz, Kurkuma und *Gur* und ließ ihn damit eine Puja für *Malaiha Mai* ausführen. Obendrein opferte er ihr einen Topf mit Rahm aus reiner Ziegenmilch.

Unterdessen ereignete sich ein weiterer Vorfall. Als Kasturi eines Tages in aller Frühe mit einigen anderen Frauen des Dorfes zur Morgentoilette auf die Felder ging, da schien es ihr, als hätte sich etwas hinter dem Gebüsch bewegt. Als ob sich dort irgendwer verbergen würde. Kasturi hatte damals zu ihrem Schutz stets eine Sichel in ihrem Taillenbund eingesteckt. Sie wusste nur zu gut, dass sie selbst nach der Geburt von zwei Kindern noch immer die schönste und attraktivste Frau im Dorf war. Und seit geraumer Zeit schon hielten einige verkommene Halunken aus den höheren Kasten ihre gierigen Blicke auf sie gerichtet.

Kasturi stand auf. Sie zog die Sichel aus ihrem Taillenbund

und hielt sie fest in der Hand. Dann ging sie zielgerichtet auf den Busch zu. Ramoli, Sitiya, Chandna und Savitri folgten ihr.

„Wer ist da? Versteckst dich hinter dem Busch, du Bastard! Komm hervor, ich werde dir schon eine ordentliche Abkühlung verpassen, du Lüstling! Du Hurenbock!“, schrie Kasturi. Die anderen Frauen begannen, den Busch zu umzingeln. Jede von ihnen hatte ein metallenes Wassergefäß in der Hand.

Plötzlich stürmte aus dem Gebüsch Chatradharis Sohn Vijay Tiwari heraus und flüchtete. Wie er so in Unterhemd und Boxershorts davonrannte, hatte sein dicker schwabbeliger Körper Ähnlichkeit mit einer kugelrunden Wassermelone.

Kasturi verfolgte ihn noch ein gutes Stück mit gezückter Sichel. Ramoli, Sitiya und Savitri schlugen schimpfend mit ihren metallenen Wassergefäßen immer wieder auf ihn ein. Inspektor Vijay Tiwari lief so schnell er konnte davon. Die Frauen riefen ihm hinterher:

„He, holt das Fernsehen her! Die sollen Aufnahmen davon machen.“

„He, lauf nur, lauf! Der Inspektor macht sich gerade in die Hose.“

An jenem Tag hatte Vijay Tiwari tatsächlich Angst davor, dass Mohandas gemeinsam mit seinem Anwalt Harshvarddhan Soni im Fernsehen oder in einer Zeitung etwas Peinliches publik machen würde.

Dies alles ereignete sich in einer Zeit, als erstmals in der gesamten politischen Geschichte Asiens eine indische Frau Mitglied des Politbüros der Kommunistischen Partei wurde und eine andere freiwillig auf den Posten des Premierministers verzichtete …

Dies war eine Zeit, als drei ständig kichernde Frauen zu Jury-Mitgliedern des bedeutendsten Filmfestivals der Welt gemacht wurden, auf dem Filme wie „Subarnarekha" und „Komal Gandhar" von Ritwik Ghatak oder „Teesri Kasam" von Shailendra nicht einmal die Chance hatten gezeigt zu werden …

Dies war eine Zeit, als im Gefängnis Abu Ghuraib in Bagdad eine amerikanische Soldatin aus nackten irakischen Häftlingen eine Art Pyramide bilden ließ und darauf mit der amerikanischen Flagge posierte …

Dies war eine Zeit, als ausschließlich die Macht Gender definierte!

Dies war eine Zeit, als in Delhi ein Mädchen aus dem Nordosten in der Nähe von Dhaula Kuan in ein Auto gezerrt und von fünf Männern der Stadt zweieinhalb Stunden lang vergewaltigt wurde, während es durch alle VIP-Straßen Delhis fuhr … und in Imphal nach der Vergewaltigung und Ermordung von Manorama Hunderte Methei-Frauen, die als Krishna-Gläubige gelten, aus Zorn und Verzweiflung nackt protestierten …

Dies war eine Zeit, als zwei Frauen in Sardar Sarovar ihren Kampf gegen die Pläne zur Überflutung von Haus, Hof und Feldern von vierzigtausend Dalits und Adivasis verloren und Tiere und Lebewesen, Bäume und Pflanzen von den Wassermassen fortgespült wurden …

Die weinenden, verzweifelten Gesichter der unterlegenen Frauen wurden immer wieder im Fernsehen gezeigt.

Dies war eine Zeit, als ich Delhi verließ und nach Vaishali zog, wo ich vom Dach meines Hauses jenes Dorf Jhandapur in Ghaziabad deutlich sehen konnte, wo genau fünfzehn Jahre zuvor der revolutionäre Künstler und Theaterschaffende namens Safdar Hashmi ermordet worden war …

Im Gericht des Strafrichters Gajanan Madhav Muktibodh hatten alle Zeugenaussagen, Beweise, Untersuchungsberichte sowie die Nachforschungen zweier Distriktrichter bewiesen, dass Vishwanath alias Bisnath tatsächlich Mohandas war. Wer aber war dann jener arme, Not leidende Mann, der von sich behauptete Mohandas zu sein? Für das laufende Gerichtsverfahren hatte diese Frage keine juristische Relevanz. Daraus könnte ein eigener Fall werden, wenn ein Anwalt seitens des Klägers im Gericht einen entsprechenden Antrag stellen würde.

Harshvarddhan Soni konnte drei Tage und drei Nächte nicht schlafen. Er wusste nur zu gut, dass allein Mohandas Mohandas war. Dies zu beweisen gestaltete sich nicht nur immer schwieriger, sondern wurde beinahe unmöglich. Er schrieb mir eine E-Mail:

„Das ist die Höhe! Weder bekomme ich einen Bissen hinunter noch kann ich nachts schlafen. Mohandas' Zustand ist nicht besser. Ein jeder weiß, dass er der echte Mohandas ist, aber dies zu beweisen ist unmöglich geworden. Was soll ich tun? Mir fällt überhaupt nichts mehr ein. Mohandas und ich, wir beide werden bedroht, wir sollen nur ja den Mund halten ... Unterdessen habe ich erfahren, dass Bisnath Rasbihari Rai als Anwalt genommen hat. Den kennst Du ja! Er ist ein hoher Funktionär in der Regierungspartei. Seine Schwiegertochter ist Leiterin der Stadtverwaltung und Vorsitzende mehrerer staatlicher und nicht-staatlicher Organisationen. Zu Mohandas' Verteidigung haben sich vier bis fünf Personen bereit erklärt, als Zeugen auszusagen: Biran Baiga, Gopaldas, Biharidas, Ramoli, Sitiya ... Ihr Äußeres jedoch erweckt den Anschein, als hätte man sie für fünfundzwanzig oder fünfzig Rupien als Zeugen gekauft. Sie schauen ja auch alle aus wie Bettler.

Ich denke, ich sollte mich einmal direkt mit dem Strafrichter treffen. Er raucht *Bidis* und schaut etwas sonderbar aus. G. M. Muktibodh ist sein Name. Er ist zwar ein Marathe, aber sein Hindi ist fantastisch. Nach dem Gericht pflegt er bei Ramdins Teestand am Straßenrand starken Tee zu trinken.

Ich habe bemerkt, dass wenn er im Gericht zu Mohandas blickt, in seinen Augen eine merkwürdige Unruhe aufkommt. Auf seiner Stirn tritt eine Ader hervor und wenn er über etwas nachdenkt, dann schwillt diese an. Ich hoffe, dass diese nicht eines Tages mal platzen wird. Er hat die Augen eines Detektivs oder Geheimagenten, die still und langsam in das Innere der Seele eindringen und alles durchleuchten können … Ich habe gehört, dass er unzählige Bücher in seinem Haus hat und bis drei Uhr nachts liest.

Ich habe noch eine ziemlich seltsame Sache erfahren, nämlich dass, obwohl G. M. Muktibodh ein hochrangiger Strafrichter ist, die Regierung die Bundeskriminalbehörde auf ihn angesetzt hat …"

Da Harshvarddhan sonst keinen anderen Ausweg sah, wagte er eine Art Vabanquespiel. Sich in einem laufenden Verfahren mit dem Richter zu treffen, dazu noch mit einem Richter, der mehr als geheimnisvoll erschien, war eine riskante Entscheidung. Falls sich G. M. Muktibodh darüber ärgerte, könnte dies das Ende seiner Karriere bedeuten. Harshvarddhan Sonis Vergangenheit war ohnedies geprägt von Schwierigkeiten, Kämpfen und Leiden. Die Erinnerung an die Verzweiflungstat seines Bruders, der keine Arbeit finden konnte, wich nicht einen Augenblick aus seinem Gedächtnis. Den Anwaltsberuf übte er nur pro forma aus. Zu ihm kamen zumeist Menschen, die sich keinen teuren Anwalt leisten konnten. Auch an Mohandas' Fall verdiente er nichts, darüber hinaus musste er fünftausend Rupien selbst aufbringen. Dennoch nahm er das Risiko in Kauf, sich mit dem Strafrichter zu treffen.

Harshvarddhan war überrascht, als er bei seinem Eintreten in die Wohnung von Gajanan Madhav Muktibodh auf dessen Gesicht einen Ausdruck wahrnahm, als ob ihn jener bereits erwartet hätte, als ob er die ganze Zeit Bescheid gewusst hätte, dass Harshvarddhan ihn eines Tages aufsuchen würde. Er schob ihm einen alten Holzstuhl hin und sagte: „Setz dich! Ich mache dir einen Tee!" Dann verschwand er ins Innere der Wohnung. Harshvarddhan blickte sich im Zimmer um. Überall herrschte ein Durcheinander.

Mehrere Bücher lagen verstreut umher, etliche davon waren aufgeschlagen und zwischen den Seiten steckten Bleistifte, Karten oder Laubblätter als Lesezeichen. Wahrscheinlich gefielen ihm jene Seiten des Buches so sehr, dass er sie immer wieder las. Der Zustand des Zimmers legte die Vermutung nahe, dass er alleine lebte. Harshvarddhan hatte mitbekommen, dass er häufig in *Adivasi*-Gebiete oder rückständige Regionen versetzt wurde, wo es quasi keine Prozesse gab, die Personen in hohen Positionen oder Geschäftsleuten schaden konnten. Harshvarddhan hob seinen Blick. An der Wand hingen Porträts von Gandhi und Marx. In einer Ecke stand eine Ganesha-Statue. Rechts an der Wand stand ein Regal mit allerlei juristischen Fachbüchern. So wie sie dastanden, hatte es den Anschein, als seien sie jahrelang nicht aufgeschlagen worden.

G. M. Muktibodh kam mit dem Tee sowie einem Schälchen mit Snacks aus Kichererbsenmehl zurück. Nachdem er den Tee auf einem Beistelltisch abgestellt hatte, setzte er sich auf einen Holzschemel. Der Tee war sehr stark und schmeckte so, wie man ihn von den Teeständen auf den Straßen gewohnt war, nachdem er lange geköchelt hat.

Eine ganze Weile herrschte im Raum Stille. Harshvarddhan brachte den Mut nicht auf, das Gespräch mit ihm zu eröffnen. An der Wand gegenüber war eine sehr alte Uhr angebracht, die man wahrscheinlich mit einem Schlüssel aufziehen musste, damit sie ging. Es schien, dass sie jahrelang nicht aufgezogen wurde. Sie stand still. Daneben hing ein Kalender, auf dem ein Bild von Bal Gangadhar Tilak mit einem Turban auf dem Kopf abgedruckt war. Harshvarddhan bemerkte, dass der Kalender aus dem Jahr 1964 stammte.

„Ich weiß, dass ... (und nach einer langen Atempause) dein Mohandas ... der wahre Mohandas ist." Die Stimme des Strafrichters klang, als käme sie vom Grunde eines tiefen Brunnens herauf, so schwach und gedämpft. Er nahm einen kräftigen Schluck Tee. Dieser Schluck und der Geschmack des Tees bewirkten, dass sich die Anspannung auf seiner Stirn ein wenig löste.

„... und jener andere Mann ist ein Hochstapler. Es ist offensichtlich, dass er sich für jemand anderen ausgibt und mir ist bewusst, dass er Bisnath, Sohn von Nagendranath, Junior Depot Manager, wohnhaft in A/11 Lenin Nagar, ist und auf unrechtmäßige Weise die Identität von Mohandas gestohlen hat. He is a cheat, a criminal, a scoundrel!" Obwohl seine Stimme sehr leise war, war sie messerscharf und energisch. Er holte ein Bündel mit *Bidis* aus seiner Hemdtasche und zog eine heraus, dann blies er zuerst am anderen Ende hinein, zündete sie mit einem Streichholz an und nahm einen langen Zug.

Harshvarddhan hatte das Gefühl, als ob er in einer Zeitmaschine säße, die ihn in eine andere Zeit gebracht hätte. Er sagte: „Ich bin zu Ihnen gekommen, weil ich Ihnen genau das Gleiche mitteilen wollte. Wie konnten Sie aber in Erfahrung bringen, wer der echte Mohandas ist?"

„Das herauszufinden ist ein Einfaches, wenn man nur über ein wenig Einfühlungsvermögen und Verstand verfügt", sagte Muktibodh und dachte dann besorgt über etwas nach. Er nahm einen tiefen Zug von seiner *Bidi*. „Seit drei Nächten bin ich ununterbrochen wach, ich kann keinen einzigen Augenblick schlafen! ... Es ist alles so absurd und verstörend." Die *Bidi* in seiner Hand drohte auszugehen. Es schien, als ob sein Blick nach innen gerichtet sei.

„The whole system has totally collapsed ...! Genau wie die Twin Towers in New York am elften September. Für die einfachen und ärmeren Bürger besteht nur noch Anarchie und Chaos. Ich habe den Eindruck, dass wir einer neuen Form von Kapital und Macht gegenüberstehen. Mohandas wird ein einfaches grundlegendes Recht verwehrt, weil er nicht in der Lage ist, die Justiz zu kaufen. Herrje!" Gajanan Madhav Muktibodhs Adern auf der Stirn schwollen an. Seine Finger zitterten. Unruhig stand er auf. Als er bemerkte, dass seine *Bidi* erloschen war, holte er aus seiner Hemdtasche ein Streichholz heraus und zündete sie wieder an.

„Ideologien können verschwinden. Intellektuelle und philosophische Anschauungen, die einst revolutionär waren, können im Wandel der Zeit zu leeren Worthülsen oder unsinnigem Geschwätz verkommen. In der Geschichte hat sich so etwas immer wieder ereignet. Aber..."

Er nahm einen tiefen Zug von seiner *Bidi* und hielt den Atem für einen Moment an. Vielleicht wollte er seine nervösen Atemzüge mit dem Nikotinqualm beruhigen. Er musste husten. Er presste seine linke Hand kurz auf seine Brust und sagte mit kratziger Stimme: „Aber es gibt etwas im Menschen, das niemals, zu keiner Zeit und von keiner Macht vernichtet werden konnte! Und das ist das Verlangen nach Gerechtigkeit! Dieses Verlangen ist unzerstörbar. It is always immortal! Der Wunsch nach Gerechtigkeit ist unsterblich und zeitlos!"

Er warf die *Bidi,* die zwischen seinem Zeige- und Mittelfinger klemmte, aus dem Fenster, sie war bereits erloschen.

Harshvarddhan Soni war hingerissen. Was für ein Mann war das doch! Eine solche Persönlichkeit als Strafrichter anzutreffen, kam in diesen Zeiten einem aussichtslosen Traum gleich. Einem unerfüllbaren Wunschdenken.

Unruhig ging er im Zimmer auf und ab. Auf einmal hielt er inne und in seinen Augen schimmerte eine tiefe innere Heiterkeit.

„Geh nur, Harshvarddhan! Mach dir nicht so viele Sorgen. Don't worry much. Ich weiß, dass auch du die letzten Nächte nicht geschlafen hast. So wie ich!" Laut lachend sagte er: „Partner, du kannst nun unbekümmert schlafen. Schlaf tief und fest. Ich muss jetzt noch etwas erledigen".

Nach diesen Worten näherte er sich Harshvarddhan. Er legte seine Hand auf seine Schulter. Harshvarddhan kam die Hand federleicht vor. Als ob sie aus Papier, Blumen, einem Traum oder Lauten bestehen würde.

Gajanan Madhav Muktibodh, der Strafrichter, flüsterte leise

in Harshvarddhans Ohr: „Ich habe ein Machtmittel. Nur ein einziges Machtmittel und das ist … die ‚secret judicial inquiry', die ‚geheime Gerichtsuntersuchung'. Ich selbst werde diese Untersuchung durchführen. Überlasse es einfach mir."

Als Harshvarddhan Soni Muktibodhs Wohnung verließ, glaubte er, die Höhle eines langen Traums zu verlassen und in die Wirklichkeit seiner Zeit zurückzukehren. In eine Welt, in der es Mohandas gab, Bisnath gab, ihn selbst und die Realität im Hier und Jetzt.

Schon vier Tage später wurden Bisnath und sein Vater Nagendranath auf Anweisung des Strafrichters G. M. Muktibodh wegen Fälschung, Betruges, Diebstahls und Unterschlagung gemäß der Paragraphen 419/420/467/468 und 403 des indischen Strafgesetzbuches verhaftet und ins Gefängnis gesteckt. Das Gericht wies den Geschäftsführer der Oriental Coal Mines S. K. Singh an, dass er gegen Mohandas Vishwakarma alias Bisnath, Junior Depot Manager, umgehend Maßnahmen ergreifen und den Bericht darüber innerhalb von zwei Wochen dem Gericht vorlegen solle. Darüber hinaus seien auch abteilungsinterne Untersuchungen und Maßnahmen gegen alle in diesen Fall auf direkte oder indirekte Weise involvierten Beamten und Angestellten einzuleiten. Wenn die Oriental Coal Mines gegen all diese Personen strafgerichtlich vorgehen wolle, dann würde das Gericht dies begrüßen.

Ein Tumult brach aus. Die Nachricht von der Verhaftung des falschen Mohandas beherrschte die Schlagzeilen. Sie sorgte nicht nur innerhalb der Oriental Coal Mines für Unruhe, sondern auch unter Beamten, Angestellten und Gewerkschaftsführern vieler anderer Minen und staatlicher Unternehmen. Mehrere

Beamte und Angestellte wurden vom Dienst suspendiert. Andere ließen sich für längere Zeit beurlauben. Überall herrschte Panik. In all den schmucken Siedlungen wie Lenin Nagar, Gandhi Nagar, Ambedkar Nagar, Jawahar Nagar, Shastri Nagar, Nehru Nagar oder Tilak Nagar gab es tausende Personen wie Bisnath, die Identität, Qualifikationen und Fähigkeiten eines anderen gestohlen hatten und anstelle dessen jahrelang einen Posten bekleideten und Gehälter von tausenden Rupien einstrichen.

Später erfuhr man, dass der Strafrichter Gajanan Madhav Muktibodh aus Anuppur, Madhya Pradesh, selbst die geheime Untersuchung in diesem Fall durchführte, indem er auf ein in Ausnahmesituationen anwendbares Rechtsmittel zurückgegriffen hatte.

In jener Nacht hatte er lange Zeit die Akten gelesen. Am Morgen rief er seinen Chauffeur an und bestellte einen Dienstwagen, den er ansonsten nur benutzte, um zum Gericht und von dort wieder zurück zu fahren. Der zweite Anruf ging an den Staatsanwalt Harishankar Parsai. Der dritte Anruf an Shamsher Bahadur Singh, den Senior Superintendend of Police in Anuppur. All diese Beamten waren dafür bekannt, dass sie ihre Pflichten aufrichtig und mit Hingabe erfüllten. Der vierte Anruf ging an Harshvarddhan Soni. Diesem teilte er lediglich mit:

„Partner, komm sofort mit vorgestempeltem Papier hierher!"

Shamsher Bahadur Singh berichtete, dass der Wagen des Strafrichters in Lenin Nagar, an der Matiyani-Kreuzung direkt vor der Wohnung A/11 anhielt. Bisnath war zu jenem Zeitpunkt mit Vijay Tiwari unterwegs, um einem politischen Führer einen Gefallen zu tun. In der Wohnung war nur Kasturi alias Renuka Devi anwesend, die *Chit funds*, Wohlfahrtsaktivitäten, Kitty Parties und Finanzgeschäfte betrieb. Der Strafrichter fragte sie direkt nach ihren Eltern und der Adresse ihres Elternhauses. Madam Kasturi ergriff die Panik, als sie das Behördenfahrzeug mit dem Rotlicht und die vielen Menschen sah.

Danach verließ das Auto des Strafrichters Lenin Nagar und fuhr auf der Straße nach Mirzapur-Benares entlang. Nach genau fünfundsechzig Kilometern bog der Wagen auf eine ungepflasterte Straße ab, die zum Dorf Awazapur führte, und hielt nach einer halben Stunde vor einem prächtigen Ziegelhaus im Dorf Lankapur. Der Strafrichter stellte den Bewohnern des Hauses, Lalu Prasad Pandey und seiner Ehefrau Jai Lalita Pandey nur zwei Fragen. Zuerst fragte er nach ihren Namen sowie denen ihrer Kinder, anschließend nach den Namen und Adressen ihrer Schwiegersöhne. Danach wies er den Staatsanwalt H. S. Parsai an, das vorgestempelte Papier von Harshvarddhan Soni entgegenzunehmen und eine eidesstattliche Erklärung vorzubereiten. Sodann stoppte das Auto des Strafrichters vor dem Haus des Vorsitzenden des Dorfrats, wo dessen Aussagen sowie die einiger anderer Zeugen aufgenommen wurden.

Der Senior Superintendend of Police Shamsher Bahadur Singh sagte laut lachend: „Soweit konnten die Betrüger wohl nicht vorausdenken und nun sitzen sie in der Klemme. Ich hatte bereits von Lankapur aus das Polizeirevier in Anuppur angerufen und den Revierleiter angewiesen, nach Bichiyatola und Lenin Nagar zu fahren um Nagendranath und Bisnath aufs Revier zu bringen. Eine Flucht der beiden hätte sonst enorme Schwierigkeiten bereitet."

Was dann folgte, ist schnell erzählt.

Harshvarddhan Soni und Mohandas freuten sich riesig über diesen Sieg. Kasturi tanzte förmlich in ganz Purbanra. Die blinde Putlibai suchte überall im Speicherkämmerchen und beförderte schließlich ein gut verstecktes Bündel mit Bisunbhog-Reis zutage. In jedem Winkel von Mohandas' Haus duftete es nach *Kheer* aus Bisunbhog-Reis, braunem Zucker und Schafsmilch. Im Nest der Alopi-Stare gelang es zwei niedlichen Küken, mit ihren winzigen Schnäbelchen die Eierschale von Innen aufzubrechen und sich daraus zu befreien. Mit ihrem unbekümmerten Gezwitscher erfüllten sie das Haus und den Hof mit neuer Musik. Putlibais Rheumabeschwerden ließen nach und zum ersten Mal nach langer Zeit fegte sie den Hof und die Veranda selbst. In Gedanken versunken sang sie unentwegt ein Lied, wie wenn es ein fröhliches Vöglein singen würde. Das Lied hatte aber auch eine traurige Note:

„Tola bin jag lage sunna …
jag lage sunna …
nahin bhave mola
sona-chandi mahal atari …"

„Ohne dich wirkt die ganze Welt leer,
die ganze Welt leer,
keinen Wert haben mehr
Gold, Silber und Paläste."

Harshvarddhan Soni teilte Mohandas mit, dass als nächstes eine Klage bei Gericht eingereicht werde, damit er seinen Job bei den Oriental Coal Mines zurückerhalten würde, und sagte: „Das Gericht hat aus Bisnaths Dienstmappe alle deine Zertifikate, Urkunden und Zeugnisse konfisziert. Diese wird man dir aushändigen." Mohandas umarmte Harshvarddhan. Sein schwacher abgemagerter Körper bebte, ihm versagte die Stimme und aus seinen Augen flossen unentwegt Tränen der Dankbarkeit und Freude, als ob es zur Monsunzeit regnete.

In Biran Baigas Haus gab es wieder ein Festessen. Sitiya bereitete in Senföl und mit Knoblauch, Zwiebeln und Garam Masala ein saftiges Schweinefleischgericht zu. Dazu wurden drei Krüge Mahua-Schnaps gebrannt. Diesmal brachte Ramkaran neben einer Handtrommel und Zimbeln auch ein Harmonium mit. Gopaldas, Biran, Bihari, Parmodi, Mohandas – alle tranken sie. Auch ihre Frauen Sitiya, Ramoli, Kasturi, Savitri tranken Schnaps und waren in guter Stimmung. Sie tanzten und sangen unentwegt. Mohandas war selbst darüber erstaunt, wie viele Lieder ihm diesmal einfielen. Es herrschte eine tolle Atmosphäre.

Kasturi war der Alkohol ein wenig zu sehr in den Kopf gestiegen. Immer wieder ergriff sie Mohandas' Hand und zog ihn zu sich heran „Hu tu tu … tu … tu … tu! Willst du mit mir Kabaddi spielen? Hu tu tu … tu … tu … tu!" Mit diesen Worten begann sie Mohandas immer wieder zu kitzeln.

„Verzieh dich! Geh doch in den Büffelstall von Inspektor Tiwari!" sagte Mohandas sie neckend. Alle kugelten sich vor Lachen.

Als Savitri plötzlich rief: „He, lauf nur, lauf! Der Inspektor macht sich gerade in die Hose!", da brach ein so großes Gelächter und Gejohle aus, dass der mitternächtliche Lärm in ganz Purbanra zu hören war.

Mohandas und Biran Baiga standen auf, stellten sich in die

Mitte des Hofes, als befänden sie sich in einem Gerichtssaal, und führten folgenden Dialog:

Mohandas: „He, du da! Wer bist du? Wie ist dein Name? Komm schon, sag es dem Gericht!"
Biran Baiga: „Mein Name ist Biran Baiga. Und mein Vater heißt Dindwa Baiga! Dindwa Baiga!"
Mohandas: „Und wer bin ich? Wie heiße ich?"
Biran Baiga (einen Schritt auf Mohandas zugehend und seinen Finger in dessen Brust bohrend): „He, du elendiger Hungerleider! Du heißt Mohandas! Mohandas!! (schreiend) Mohandas *Kabirpanthi Bansor*!!!"
Mohandas: „Und wie heißt mein Vater?"
Biran Baiga: „Dein Vater ist doch gestorben! Er hieß Kabadas!"
Mohandas: „Genau! Ich, Mohandas, bin hier unten und mein Vater Kabadas ist dort oben im Himmel ... Welcher Hurenbock sitzt dann im Gefängnis von Anuppur?"
Biran (springt auf und brüllt mit den Händen herumfuchtelnd): „Der Bastard Bisnath! Ein Ganove ist der! Sein Vater ist ein Oberganove! Seine Frau ist eine Ganovin! Alle Beamten und Vorgesetzten der Kohlenmine, die in Lenin Nagar wohnen, sind Ganoven!"

Zum vereinten Gelächter von Parmodi, Sitiya, Bihari Ramkaran, Ramoli, Savitri und Gopaldas ertönten die Klänge der Trommel, Zimbeln und des Harmoniums.

Inmitten dieser traurigen, hoffnungslosen staubfarbenen Geschichte muss Ihnen dieser strahlende Farbfleck wie ein Fremdkörper vorkom-

men. Nicht wahr? Sie haben völlig Recht. In der rauen Wirklichkeit des Lebens armer, von Unrecht betroffener Menschen leuchten solche schönen Farben nur sehr selten einmal für wenige Augenblicke auf. Es ist, als ob Macht und Kapital mit vereinten Kräften wie Falken plötzlich herabstoßen und das Nest des Maina-Stars zerstören, und alles was man von ihm danach sehen kann, sind Federn und einige Blutstropfen der winzigen Vogelkücken. Diese Blutstropfen erscheinen niemals in einem Geschichtsschulbuch, das vom Bildungsministerium der Regierung irgendeiner Partei in Auftrag gegeben wurde. Denn die Aufgabe des Historikers ist es, Schandflecken am Gewand der Herrschaft seiner Zeit zu verbergen.

Jener Monat war voller unerwarteter Ereignisse. Was eintausendfünfzig Kilometer entfernt von der indischen Hauptstadt Delhi geschah, darüber werden Sie nur in dieser Erzählung etwas erfahren und sonst nirgendwo. Unter welchen Umständen Mohandas' Leben in Anuppur weiter verlief, sei hier kurz dargestellt:

Strafrichter Gajanan Madhav Muktibodh wurde plötzlich nach Rajnandgaon versetzt und musste Anuppur verlassen.

Bisnaths Anwalt Rasbihari Rai, ein bedeutender Politiker der regierenden Partei, dessen Schwiegertochter Leiterin der Stadtverwaltung war, erreichte in nur einer Verhandlung, dass Bisnath und sein Vater Nagendranath auf Kaution frei kamen. Rasbihari Rai war ein erfahrener Spieler auf dem Feld der Politik. Bei der Freilassung von Bisnath alias Mohandas wandte er folgenden Trick an: Durch Kollaboration mit der Polizei behielt Bisnath in den Polizeiakten den Namen Mohandas bei. Denn solange das Gericht kein Urteil gefällt hatte, war Mohandas alias

Vishwanath, auch Bisnath genannt, kein Gesetzesbrecher, sondern lediglich ein Verdächtiger. In den Polizeidokumenten und anderen offiziellen Papieren wurden beide Gefangenen unter ihren alten Namen „Mohandas alias Vishwanath" und „Kabadas alias Nagendranath" auf Kaution freigelassen. Nur wurden die Namen nach „alias" so dahingeschmiert, dass sie niemand mehr lesen konnte.

Obendrein platzte eines Tages die Nachricht herein, dass in Rajnandgaon der Strafrichter G. M. Muktibodh eine Gehirnblutung erlitten hatte und bewusstlos ins Apollo-Krankenhaus von Bilaspur gebracht wurde. Im Apollo-Krankenhaus waren der Generalsekretär der Kongress-Partei, Srikant Varma, und Muktibodhs enger Freund Nemichand Jain bei ihm. Nachdem er zweiundsiebzig Stunden erbittert mit dem Tode gerungen hatte, tat Strafrichter Gajanan Madhav Muktibodh seinen letzten Atemzug. Seine letzten Worte waren: „He Ram!"

Als die Nachricht von seinem Tod eintraf, weinte nicht nur Harshvarddhan Soni, sondern auch Mohandas *Kabirpanthi Bansor* aus dem Dorf Purbanra bitterlich. Es war so, als ob damit der letzte Funken Hoffnung in seinem Leben erloschen war.

Was die aktuelle Lage betrifft, so hat Bisnath gemeinsam mit seiner Frau Renuka durch krumme Geschäfte in Zusammenarbeit mit der Kohlemine bereits viel Geld eingenommen. Er trifft sich weiterhin regelmäßig mit Vijay Tiwari. Vor kurzem ist er in die Politik gegangen und kämpft um das Amt des Distriktsvorsitzenden. Die Angehörigen seiner Kaste, die üblicherweise hohe Ämter bekleiden, tun alles in ihrer Macht Stehende, um ihm zu helfen. Er sagt: „Wer der echte Mohandas ist und wer der falsche, das werden letztlich wir entscheiden. Dieser verfluchte abgewrackte Bambus-Flechter hat uns in unserer Ehre verletzt, unsere feste Anstellung weggenommen, jetzt werden wir ihm unsere Macht zeigen."

Erst vorige Woche, als ich mein Dorf besuchte, sah ich, dass Harshvarddhan völlig blass war. Seine Augen waren gerötet. Er sagte: „Ich habe seit den letzten drei Nächten nicht geschlafen. Ich weiß nicht, was ich tun soll. Was die Leute aus Purbanra über Bisnath sagen, stimmt. Er ist eine richtige Giftschlange. Und zwar eine hochkarätige."

Nach einem langen Seufzer sagte er: „In der Gegend von Lenin Nagar begeht Bisnath jeden zweiten oder dritten Tag eine Straftat. Mal reißt er jemandem die Halskette herunter, mal schlägt er jemanden blutig. Im Zusammenhang mit den Finanz- und *Chit-fund*-Geschäften seiner Frau treibt er auch die Schulden ein, indem er die Schuldner verprügelt sowie in ihre Häuser eindringt und ihre Wertgegenstände mitnimmt. Die Anzeigen, die daraufhin im Polizeirevier erstattet werden, lauten alle auf den Namen Mohandas, denn die meisten Leute kennen Bisnath noch immer nur unter diesem Namen. Und die Polizei fährt nach Purbanra und nimmt den armen Mohandas fest."

Harshvarddhan traten Tränen der Hilflosigkeit in die Augen. „Bisnath hat gemeinsam mit Inspektor Vijay Tiwari die Beamten des Polizeireviers geschmiert. Sie haben derart auf Mohandas eingeprügelt, dass sie dabei seine Hände und Beine brachen. Er kann gar nicht mehr laufen. Seine Mutter Putlibai fiel vor vier Tagen in den Brunnen und verstarb. Kasturi rackert sich als Tagelöhnerin die Seele aus dem Leib, damit sie nicht verhungern."

Ich blickte auf. Von vorn kam Mohandas angehumpelt. Auf

seinem Leib trug er weder die alte, verblichene und mit Flicken versehene Hose noch das zerfetzte karierte Hemd, sondern nur noch einen Lendenschurz. Er hatte fast alle Haare verloren und trug eine billige Brille mit runder Fassung. Wie ein kranker Greis, bewegte er sich, auf eine Krücke gestützt, nur langsam vorwärts.

Als er mich sah, legte er die Handflächen zum Gruß aneinander und sagte: „Ram Ram!“ Schmerz und Niederlagen hatten tiefe Spuren in seinem Gesicht hinterlassen. Ich stellte fest, dass er sehr alt aussah. Beinahe wie ein Achtzig- bis Fünfundachtzigjähriger. Er legte die Krücke zur Seite und ließ sich auf den Boden nieder. Aus seiner Kehle drang unter Ächzen eine tränenerstickte Stimme hervor. Das Besondere war, dass diese Stimme nicht in irgendeiner Sprache redete, sondern in der „Amtssprache“ Hindi. Er sagte:

„Ich flehe Sie an. So retten Sie mich doch irgendwie. Ich bin bereit zu jedem Gericht zu gehen und eine eidesstattliche Erklärung abzugeben, dass ich nicht Mohandas bin. Dass mein Vater nicht Kabadas ist. Dass er nicht gestorben ist, sondern noch lebt. Die Polizei hat mich auf Bisnaths Geheiß fürchterlich verprügelt. Alle Knochen haben sie mir gebrochen. Sogar beim Atmen habe ich Schmerzen in der Brust.“

Ich sah, dass seine Lippen aufgerissen waren und dass sein Mund eingefallen war. Vermutlich hatten sie ihm auf dem Polizeirevier die Zähne ausgeschlagen. Er sprach mit bebender Stimme:

„Wer immer auch Mohandas werden möchte, soll es werden. Ich bin nicht Mohandas. Ich habe nie ein Bachelor-Studium absolviert. Ich war nie an der Spitze der Rangliste. Ich war nie für einen Job qualifiziert. Man soll mich nur in Frieden lassen. Hört endlich auf mit der Gewalt. Nehmt mir weg, was immer ihr wollt. Füllt damit euer Heim. Aber lasst uns leben und unsere Arbeit tun! So helfen Sie mir doch!"

Mir kam zu Ohren, dass Mohandas' zehnjähriger Sohn Devdas seit zehn Tagen nicht nach Hause zurückgekehrt war. Manche sagten, Bisnath habe ihn verschwinden lassen, manche meinten, er sei aus Angst nach Mumbai geflohen ...

Und andere wiederum behaupteten sogar, dass man ihn vorgestern in den Wäldern von Bastar[3] gesehen habe.

Dies war in einer Zeit, als auf einem hohen Hügel in der Nähe von Bharuch ein dreißigjähriger Dhanuhar-Bogenschütze namens Raghav stand. Nacht für Nacht spaltete er Bambus und fertigte Pfeile daraus. Er spannte die Sehne des Bogens und schoss einen Pfeil gen Himmel ab, dann rannte er den Hügel hinunter und hob den niedergefallenen Pfeil auf.

Zweimal, dreimal und wer weiß wie oft schoss er auf diese Weise einen Pfeil Richtung Himmel ab und hob ihn wieder vom Boden auf.

Aber dann begannen viele Pfeile unten im Wasser zu versinken. Sie zu finden und herauszuholen wurde immer schwieriger. Indes wurden die Ebenen, die sich zwischen den Bergen erstreckten, bis in die Ferne immer mehr mit Wasser überschwemmt. Eine Flut, eine riesige Flut. Dörfer um Dörfer versanken, Bäume versanken. Himmelsrichtungen, Erinnerungen, alles versank in den Fluten ...

Der dreißigjährige Raghav aber schoss noch so lange vom Hügel aus Pfeile in den Himmel ab und rannte hinunter, um sie herauszuho-

---

3 Die Wälder von Bastar gelten als Kerngebiet maoistischer Rebellen, der sogenannten Naxaliten.

len, bis er selbst versank ...

Wo ist Raghav jetzt? Wo er war, ist jetzt nichts als Wasser. Ein riesiges bodenloses Meer, wo man Elektrizität produzieren wird ... In Bharuch war der Hilsa-Fisch beheimatet! Der größte Fisch in den indischen Flüssen und ein außergewöhnlicher in der Welt. Der Hilsa kann nur in schnell fließendem Wasser sauberer Flüsse leben.

Der Hilsa wird in dem durch den Damm aufgestauten kranken, verschmutzten Wasser vermutlich längst gestorben sein.

Dies war in einer Zeit, als ich mich in der Sprache, in welcher ich diese Geschichte für Sie aufschrieb, fühlte wie die irakischen Häftlinge im Gefängnis Abu Gharaib in Bagdad! Oder wie der im kranken, verschmutzten stehenden Wasser eingegangene Hilsa-Fisch! ... Oder wie der noch immer kämpfende Bogenschütze Raghav!

Dies war die Zeit von Mohandas, die Zeit von mir, von Ihnen und von Bisnath. Und unserer heutigen Realität!

Dies war die Zeit, die wir alle als das erste Jahrzehnt des einundzwanzigsten Jahrhunderts kennen, als wir sahen, wie die Leute in Machtpositionen den einhundertfünfundzwanzigsten Geburtstag des Königs der Hindi-Erzählprosa Munshi Premchand feierten ...

Aber sagen Sie ganz ehrlich, erinnert sie der Name von Mohandas' Dorf Purbanra nicht irgendwie an Porbandar? ...

Glossar

Adivasi – Angehöriger der Stammesbevölkerung.

Ajowan – Gewürz- und Heilpflanze.

Babu – Anrede für einen Beamten oder eine Respektsperson

Banshara / Bansahar – Bambusflechter.

Bhajan – religiöses Lied, das zu Ehren Gottes gesunden wird; beliebte Bhajans stammen von Bhakti-Dichtern wie Kabir oder Mirabai.

Bigha – ein inzwischen veraltetes Flächenmaß, entspricht etwa 0,25 Hektar.

Bidi (auch: Beedi) – indische Zigarillo.

Bisnath – *wörtl.* Herr des Giftes (Verballhornung des Namens Vishwanath, siehe auch *Vishwanath*).

Chathi, Barhon und *Pasni* – hinduistische Rituale im frühen Leben eines Kindes: am sechsten Tag nach der Geburt wird es gewaschen und am zwölften Tag gebadet. *Pasni* (auch: *Annaprashana*) wird begangen, wenn der Säugling mit etwa sechs Monaten erstmals feste Nahrung (Getreide) zu sich nimmt.

Chandan – Sandelholzpaste.

Chit fund – ist zumeist eine informelle Spargemeinschaft, die besonders unter indischen Hausfrauen beliebt ist.

Dal – indisches Linsengericht.

Dal makhani – indisches Linsengericht, das mit reichlich *Ghee* zubereitet wird.

Dalit – *wörtl.* Niedergetrampelter. Nachdem die Angehörigen als unrein geltender Berufe früher als 'Unberührbare', dann später von Gandhi als 'Harijan' (Kinder Gottes) bezeichnet wurden, nennen sie sich in neuerer Zeit selbst 'Dalits'.

Didi – ältere Schwester, aber auch Anrede für eine Frau, die älter als der Sprecher oder die Sprecherin ist.

Dosa – eine Art Pfannkuchengericht der südindischen Küche.

Das – *wörtl.* Diener.

Ghee – geklärte Butter, die in der südasiatischen Küche unentbehrlich ist.

Gujarat – Bundesstaat Indiens. Hier wird auf die Unruhen von 2002 in Gujarat angespielt, bei denen überwiegend Muslime getötet wurden.

Gur – Melasse, Sirup.

IAS – (Indian Administrative Service): Indischer Bundesverwaltungsdienst.

Idli – eine Art Reiskuchengericht der südindischen Küche.

Kabaddi – ein beliebtes Mannschaftsspiel in Südasien.

Kabir (auch: Kabirdas) – klassischer Bhakti-Dichter, seine Lebenszeit wird traditionsgemäß von 1398-1518 angegeben.

Kabirpanthi – Anhänger einer religiösen Gemeinschaft, die sich auf die Lehren *Kabirs* gründet.

Kakri – gurkenähnliche Gemüsesorte.

Karahi Paneer – Gericht aus indischem Weichkäse sowie Tomaten und Gewürzen.

Karaunda – (lat. Carissa carandas) ein Strauch, dessen Beeren einen sauren Geschmack haben, und in erotischem Zusammenhang als Symbol für das weibliche Sexualorgan verwendet werden.

Kheer – Reispudding, Milchreis.

Lassi – Getränk aus einer Mischung aus Joghurt, Sauermilch und Salz oder Zucker mit Fruchtaroma.

Maina – ein Singvogel aus der Familie der Stare.

Maruti Zen – indische Automarke.

Nagnath – *wörtl.* Herr des Schlangengottes.

Neem – Baum, der über zahlreiche Wirkstoffe verfügt, die medizinisch genutzt werden. Seine Zweige werden u. a. zum Reinigen der Zähne verwendet.

Paliha – eine Stammesgruppe, die vorwiegend vom Fischfang und von der Herstellung von Bambuswaren lebt.

Paratha – blättriger Brotfladen.

Premchand (1880-1936) – bedeutendster Prosa-Autor des Hindi und Urdu im ersten Drittel des 20. Jahrhunderts.

Tilak – ein rituelles Segenszeichen auf der Stirn.

Tulsi – Indisches Basilikum, ist für Hindus eine heilige Pflanze, die bei vielen Ritualen Anwendung findet.

Vada – ein ringförmiger Snack aus Linsen u. a.

Vishwanath – *wörtl.* Herr der Welt.

Nachwort

Uday Prakash, der Autor des vorliegenden Werkes, zählt mittlerweile zu den bekanntesten Erzählern nicht nur in der Hindi-Literatur, sondern ganz Indiens. Er ist vor allem unter der jungen Generation populär, weil er viele der drängenden Probleme des modernen Indiens thematisiert, so auch die tief greifenden Veränderungen, die sich seit fast zwei Jahrzehnten in der indischen Gesellschaft abzeichnen und in engem Zusammenhang mit den Phänomenen „Globalisierung" und „Nationalismus" gesehen werden müssen, aber auch Probleme, die nach wie vor relevant sind wie Kastengeist und Lobbyismus sowie Korruption und Vetternwirtschaft, wovon auch in „Mohandas" berichtet wurde.

Uday Prakash ist auch in Deutschland längst kein Unbekannter mehr – sind doch mehrere seiner Werke bereits in deutscher Übersetzung erschienen, darunter die Anthologie „Der goldene Gürtel" sowie die Romane (oder auch „überlangen Kurzgeschichten") „Doktor Wakankar" und „Das Mädchen mit dem gelben Schirm" – allesamt im Draupadi-Verlag publiziert. Weitere Kurzgeschichten sind in verschiedenen Zeitschriften und Anthologien enthalten. Mehrere Lesungen und Lesereisen führten den Autor in verschiedene Städte Deutschlands, wo er sich und einige seiner Werke einem interessierten Publikum vorstellen konnte.

Der hier vorliegende Roman – Uday Prakash nennt sein Werk lieber eine „überlange Kurzgeschichte" oder Novelle – wurde zunächst 2005 in der renommierten Literaturzeitschrift „Hans" und wenig später als Buch bei dem namhaften Delhier Verlag Vani Prakashan publiziert. Innerhalb kurzer Zeit wurde „Mohandas" in mehrere indische Sprachen sowie ins Englische übersetzt und schließlich 2010 mit dem renommierten Preis der indischen Literaturakademie, dem *Sahitya Akademi Award*, ausgezeichnet. Auf der Grundlage des Romans schuf Mazhar Kamran 2009 die Film-Adaption „Mohandas", die von der indischen Filmkritik großes Lob erntete und auch auf zahlreichen internationalen Filmfestspielen gezeigt wurde. Es sollte jedoch nicht unerwähnt bleiben, dass der Film streckenweise erheblich von der literarischen Vorlage abweicht.

Die Handlung des Romans, die übrigens auf einer wahren Begebenheit beruht, spielt im Distrikt Anuppur im äußersten Osten des Bundesstaates Madhya Pradesh, dicht an der Grenze zu Chhattisgarh. In dem idyllisch am Ufer des Flusses Son gelegenen kleinen Dorf Sitapur wurde Uday Prakash 1952 geboren und verbrachte hier seine Kindheit. Anuppur ist ein armer und strukturschwacher Distrikt, in dem auch sehr viele *Adivasis*, Angehörige der Stammesbevölkerung, sowie *Dalits* leben. Gesprochen werden in dieser Gegend vor allem Bagheli und Chhattisgarhi. Dies sind auch die Sprachen, mit denen Uday Prakash aufgewachsen ist, Hindi erlernte er erst später.

Daher ist es auch nicht verwunderlich, dass diese Sprachen der größeren Authentizität willen teilweise auch Eingang in „Mohandas" fanden, so bei der Bezeichnung von Alltagsgegenständen, in Form der Figurenrede oder in Liedern. Ohne die Hilfe von Uday Prakash hätten wir diese Begriffe oder Textpassagen wohl kaum übersetzen können. Daher möchten wir ihm an dieser Stelle herzlich dafür danken, dass er unsere Fragen stets mit großer Geduld beantwortet hat. Gerlinde Wientgen sei für die gewissenhafte Korrektur der Rohübersetzung gleichfalls herzlich gedankt. Besonderen Dank schulden wir unserem Verleger, Christian Weiß, für das sorgfältige Lektorat.

Die Übersetzer

Die Übersetzer

Gautam Liu lehrt Hindi am Südasien-Institut der Universität Heidelberg.

Ines Fornell unterrichtet Hindi und neuzeitliches Indien am Seminar für Indologie und Tibetologie der Universität Göttingen.

Ein Verlag für Indien. Draupadi Verlag

Das Verlagsprogramm hat **zwei Schwerpunkte**.

Zum einen veröffentlichen wir **Romane, Erzählungen und Gedichte** aus Indien und anderen südasiatischen Ländern in deutscher Übersetzung.

Zum anderen verlegen wir **Sachbücher über Indien**. Das Themenspektrum ist breit gefächert. Bücher zur aktuellen politischen Situation und Geschichte Indiens stehen neben Veröffentlichungen über Kultur, Kunst und Religion. Der Draupadi Verlag wurde 2003 von Christian Weiß in Heidelberg gegründet.

Draupadi
Der Name des Verlags nimmt Bezug auf die Heldin des altindischen Epos „Mahabharata". In Indien ist Draupadi als eine Frau bekannt, die sich gegen Ungerechtigkeit und Willkür wehrt. In diesem Sinne greift etwa die indische Schriftstellerin Mahasweta Devi in der 1978 erstmals erschienenen Erzählung „Draupadi" das Thema auf. Draupadi wird hier eine junge Frau genannt, die für eine Gesellschaft kämpft, in der niemand mehr unterdrückt wird.

Alle Titel sind in jeder guten Buchhandlung erhältlich oder **direkt beim**

Von Uday Prakash sind bisher im Draupadi Verlag erschienen:

Der goldene Gürtel
Erzählungen
Aus dem Hindi übersetzt von Lothar Lutze
ISBN 978-3-937603-14-8
72 Seiten, 9,80 Euro (2007)

Doktor Wakankar
Aus dem Leben eines aufrechten Hindus
Roman
Aus dem Hindi übersetzt von André Penz
ISBN 978-3-937603-32-2
112 Seiten, 19,80 Euro (2009)

Das Mädchen
mit dem gelben Schirm
Roman
Aus dem Hindi übersetzt von
Ines Fornell, Reinhold Schein
und Heinz Werner Wessler
ISBN 978-3-937603-39-1
224 Seiten, 14,80 Euro (2009)